은해상단 막내아들 8

초판 1쇄 발행 2024년 1월 22일

지은이 ǀ 향란
발행인 ǀ 최원영
편집장 ǀ 이호준
편집디자인 ǀ 한방울
영업 ǀ 김민원 조은결

펴낸곳 ǀ ㈜ 디앤씨미디어
등록 ǀ 2002년 4월 25일 제20-260호
주소 ǀ 서울시 구로구 디지털로 26길 111 JnK디지털타워 503호
전화 ǀ 02-333-2513(대표)
팩시밀리 ǀ 02-333-2514
E-mail ǀ papy_dnc@dncmedia.co.kr
블로그 ǀ blog.naver.com/gnpdl7

ISBN 979-11-364-5115-6 04810
ISBN 979-11-364-4602-2 (SET)

8
향란 신무협 장편소설
APYRUS ORIENTAL FANTASY
은해상단 막내아들
PAPYRUS
파피루스

37장. 사부님의 의뢰

사부님의 의뢰

흑적의선의 말에 나는 당황했다.

사부님과 내 관계에 대해서 묻는다는 건 짐작 가는 것이 있다는 의미겠지.

하긴 흑적의선 쯤 되면 눈치챌 만도 하다.

내 체질도 그렇고, 내 무공도 그렇고.

사부님께서 내가 사부님의 제자라는 것을 되도록 말하지 말라고 하셔서 일부러 말하지 않았었는데, 여기서 숨길 수는 없겠지.

"저는……."

하지만 내 말이 끝나기도 전에 다른 목소리가 들려왔다.

"제 제자입니다. 장인어른."

고개를 들어 보니, 어느새 사부님이 나와 계셨다.

표행에서 언제 돌아오신 거지?

흘깃 주변을 살펴보자, 빨래통에 수북하게 담겨 있는 옷가지가 보였다.

방금 돌아오셨구나.

사부님은 흑적의선에게 공손하게 포권했다.

"정말 오랜만에 뵙습니다. 장인어른."

"그래, 오랜만이네. 그런데 자네의 제자라고?"

"네."

나를 잠시 바라보던 흑적의선은 고개를 끄덕이고는 다시 물었다.

"그렇군. 그러면 자네 제자는 설풍궁과 무슨 관계인가?"

"아무 관계도 없습니다. 단지 인연이 닿아서 제가 제자로 삼았을 뿐입니다."

"그런가?"

그때 문이 열리고 안에서 사모님이 나오며 인사했다.

"아버지, 오셨네요."

"그래."

"……."

"……."

대화 없이 서로 그저 바라만 보는 그 모습이 답답하게 보일 수 있지만, 나는 그렇지 않았다.

흑적의선의 능력을 알고 있으니까.

이전 삶에서 그가 나의 병을 고쳐 주기 위해서 방문했을 때를 떠올렸다.

죽림직녀가 자신의 딸임을 알고 잘 대해 주었느냐는 말에 나는 사람을 아끼고 재주를 아꼈을 뿐이라고 대답했었다.

그때 흑적의선이 말했다.

"진심이구나. 그러니 그 녀석이 부탁했겠지."

그 말을 실마리로 삼아 유추해 봤을 때, 죽림직녀는 나의 언행이 진심이라는 것을 꿰뚫어 봤다는 것이 된다.

둘 다 같은 반응을 보인다는 것은, 둘 다 같은 능력을 가지고 있다는 소리.

흑적의선도 그렇고 사모님도 그렇고, 누군가와 대화할 때 상대방을 물끄러미 바라보곤 하셨으니까.

나는 흑적의선과 사모님의 얼굴을 보았다.

미묘한 표정 변화를 보아하니, 서로 말을 하지 않을 뿐 서로의 마음을 읽고 느끼고 있는 것이다.

옆에 계신 사부님도 평온한 표정으로 서 계신 것을 보면 이미 알고 계시다는 거겠지.

그런데…… 어딘가 좀 불편해 보이시네.

하긴, 장인어른 앞에서 편한 사위가 있을까?

정호 형도 진 관주님 앞에서는 좌불안석이었던 것 같은데.

그때 흑적의선이 고개를 돌리며 사부님에게 말했다.

"쯧쯧, 다쳤구나."

뭐? 사부님이 다치셨다고? 전혀 몰랐는데?

사부님께서 불편해 보이셨던 것이 장인어른 앞이라서가 아니라, 부상 때문이셨구나.

나는 얼른 사부님께 물었다.

"부상을 입으신 겁니까?"

"이번 표행 중에 살짝 다친 것뿐입니다. 걱정할 정도는 아닙니다."

담담하게 말씀하고 계시긴 하지만, 흑적의선이 혀를 찰 정도면 가벼운 부상은 아닐 터.

대체 무슨 일이 있었기에 사부님 정도 되시는 고수가 다치신 걸까?

한번 알아봐야겠네.

흑적의선이 무뚝뚝하게 말했다.

"들어가자. 좀 봐줘야겠군."

"감사합니다."

그래도, 흑적의선이 치료해 준다는 말에 뭔가 마음이 놓였다.

이곳까지 안내하기로 한 내 역할은 끝났고, 사례금은 나중에 드려도 되니 나는 여기서 퇴장하기로 했다.

"저, 그러면 저는 이만 가 보겠습니다."

"수고했네."

"살펴 가세요."

"내일 뵙겠습니다."

"네, 사부님. 부디, 보중하세요."

그렇게 나는 저들을 뒤로하고 다시 은해상단으로 돌아왔다.

그날 저녁, 흑적의선이 돌아왔다는 말에 나는 그가 머무는 별당으로 향했다.

그때 내 귀에 피리소리가 들렸다.

듣기 좋을 정도로 아름답게 울려 퍼지는 이 소리는 흑적의선의 솜씨다.

내가 그걸 알아차린 이유는 이전 삶에서 흑적의선이 부는 피리 소리를 들었던 적이 있기 때문이다.

그가 흑적의선이라 불리게 된 것도 저 피리 때문이니까.

그리고 그의 평소 언행과는 다르게, 피리 소리는 참 고우면서도 애잔하고도 서글펐다.

오늘은 특히나 더 애잔하게 들렸다.

내가 별당 입구에 당도했을 때, 피리 소리가 그쳤다. 별당 앞의 돌로 만든 다탁 앞에 앉아 있던 흑적의선은 나를 보며 말했다.

"왔나?"

"네."

나는 그에게 다가가 포권하며 말했다.

"제 형님의 아이들을 치료해 주신 것에 감사하여, 소정의 사례금을 가지고 왔습니다."

나는 품에서 전표를 꺼내어 내밀었다.

흑적의선은 전표를 받아 살펴본 후, 아무 말 없이 품에 넣었다.

"그럼 저는 이만 가 보겠습니다."

나는 인사를 하고 뒤돌아섰지만, 이내 다시 몸을 돌릴 수밖에 없었다.

"고맙네."

"네?"

"내 딸자식도 그렇고 아이들도 그렇고 사위도 그렇고, 자네 덕분에 겨우 정착할 수 있게 되었네."

그는 씁쓸한 표정으로 말을 이었다.

"솔직히, 사정이 있다고는 해도 떠돌아다니는 것을 보는 것이 좀 안쓰러웠거든."

"제가 뭘 한 건 없습니다만, 도움이 되었다니 기쁘네요."

"그래, 자네라면 그렇게 말할 줄 알았지. 나는 내일 아침 일찍 떠날 생각이네."

"좀 더 계시지 그러십니까? 사부님 부상도 그렇고."

"그건 침 바르면 낫네."

"……아, 네."

내 말에 흑적의선이 퉁명스럽게 말했다.

"약을 지어 줬으니 알아서 치료하겠지, 그리고 이제 슬슬 떠날 때가 되었고."

"아쉽네요."

"원래 헤어짐은 아쉬운 법이지."

"그때, 제 청을 거절하지 않아 주셔서 감사합니다."

"왠지, 거절하고 싶지 않았네."

잠시의 침묵 후, 흑적의선이 작별을 고했다.

"그럼 가 보게나."

"네. 미리 인사드리겠습니다. 살펴 가세요."

나는 그렇게 흑적의선의 별당을 나섰다.

이전 삶에서 나를 살려 준 흑적의선이다. 하여 그 마음을 담아서 아버지가 주신 사례금에 내가 개인적으로 얼마 더 얹었다.

나는 피식 웃었다.

흑적의선은 담담한 척했지만, 그의 손이 바들바들 떨리던 것이 보였다.

참 솔직하지 못한 분이라니까.

.
.
.

다음 날 새벽.

침상에서 일어난 나는 팔갑에게 흑적의선이 떠났음을 전해 들었다.

"그래?"

"네, 정말 바람 같은 분이십니다요."

팔갑의 말에 나는 고개를 끄덕였다.

정말 바람같이 왔다가 가시는 분이니까.

하지만 언젠가 다시 만나게 될 것 같았다.

단순히 딸과 사위가 근처에 살고 있어서가 아니라, 무언가 다른 이유로 만나게 될 것 같다는 예감.

.

.

.

운기조식을 마치자마자 사부님께서 내 별당 안으로 들어오셨다.

매번 참 기가 막히게 딱 맞춰서 들어오신다.

"좋은 아침입니다."

"네, 사부님. 좋은 아침입니다. 저, 다치신 곳은?"

"괜찮습니다. 그럼, 수련을 시작하겠습니다."

그렇게 나는 오늘도 사부님의 지도 아래에서 정말 빡세게 굴렀다.

참 신기한 것은 이제 진짜 못하겠다는 생각이 들 때쯤 딱 멈추신다.

그런데 점점 그 한계가 늦게 찾아오니 좀 슬펐다.

숨을 헐떡일 때, 사부님께서 그런 나를 보며 말씀하셨다.

"내일부터 진정한 광역기술이라고 할 수 있는 초식을 배울 겁니다."

"네?"

설마 그건가?

"진설십이식검법의 열 번째 초식 설붕(雪崩)입니다. 설붕은 눈사태를 검술로 표현한 것으로, 다수의 적을 상대할 때 유용하게 쓸 수 있는 초식입니다."

나는 기대가 되었다.

이전 삶에서는 내 무공이 일류에 머물렀기에 그 진정한 위력을 알지 못했던 초식이다.

당시 사부님께서 그 진정한 위력을 알기 위해서는 최소 절정은 되어야 한다고 하셨으니까.

그때 사부님의 말씀이 이어지며 내 상념이 멈추었다.

"그리고, 잠시 대화를 나누었으면 합니다."

심각한 사부님의 표정.

가벼운 마음으로 나눌 대화가 아님을 알아차렸다.

"알겠습니다. 좀 씻고 오겠습니다."

"다녀오십시오."

팔갑의 도움을 받아 재빨리 씻은 나는 사부님이 기다리고 계시는 내 별당의 접빈실로 향했다.

사부님께서는 차를 드시며 접빈실에서 보이는 풍경을 바라보고 계셨다.

나는 사부님 앞에 앉았고, 팔갑이 차를 따라 주었다.

아직 식전인 것을 감안해서인지 곡물로 만든 차였다.

역시 팔갑이네.

사부님께서 차를 한 모금 마신 후, 입을 열었다.

"제가 국주님께 대화를 청한 건, 부탁이 있기 때문입니다."

사부님이 내게 부탁이라니?

살짝 놀라면서도 궁금증이 일었다. 대체 무슨 일 때문

에 저렇게 심각한 표정으로 부탁을 하시는 걸까?

"경청하겠습니다."

"제가 설풍궁의 사람이라는 것은 아실 거라 생각합니다."

"네, 전에 말씀해 주셔서 알고 있습니다."

"이번에 장인어른께서 설풍궁에 대한 흔적이 짐작되는 곳을 보셨다고 합니다. 하여 그 흔적을 확인하러 가고 싶지만, 아시다시피 제가 부상을 입었기에 그곳까지 가는 건 무리가 있습니다."

사부님은 헛기침을 하며 말을 이으셨다.

"험험, 그리고 제 부인도 저를 보내려 하지 않고 말입니다."

"……."

"그곳은 되도록 겨울이 되기 전에 가야 하기에 유월이 지나기 전에 출발해야 합니다. 그래서 이렇게 부탁드리는 것입니다. 그곳에 가셔서 그곳이 정말 설풍궁의 남겨진 흔적인지 확인해 주십시오."

"저……."

"물론 쉽지 않으시다는 것은 압니다. 바쁘시기도 하고, 먼 곳이니까요."

"그게 아니라, 제가 가도 설풍궁의 흔적이라는 것을 제가 어떻게 알아볼 수 있겠습니까?"

"그건 걱정하지 않으셔도 됩니다. 장인어른께서 말씀하신 대로 설풍궁의 흔적이 맞다면, 설풍궁의 무공에 반응할 테니까요."

．
．
．

사부님의 부탁을 들은 나는 잠시 시간을 달라고 했다.

멀지 않은 곳이라면 흔쾌히 승낙했겠지만, 말씀하신 곳이 북해였으니까.

북해까지는 멀기도 멀고 엄청 험난한 길이다.

그렇다고 해서 거절하기도 쉽지 않았다.

내 손에 들린 전표.

사부님께서 의뢰비 명목으로 주신 돈이다.

그만큼 간절하시다는 뜻이겠지.

나에게 이런 부탁 아니, 의뢰를 하실 만큼.

만약 사부님이 부상을 입으신 상태가 아니라면, 당장 달려가셨을 거다.

나는 고민 끝에 팔갑을 불렀다.

"팔갑아."

"네. 도련님."

"미리 짐 좀 싸 놔."

"네? 어디 가십니까요?"

"북해."

"……."

．
．
．

그날 오후.

나는 외부 일정 허가를 받기 위해 아버지의 집무실로 향했다.

"들어오너라."

내가 집무실로 들어가자, 아버지는 고개를 들며 물으셨다.

"그래, 무슨 일이냐? 중요한 일은 아까 은월각 회의 때 의논한 것 같은데?"

아버지의 말에 나는 단도직입적으로 말했다.

"아버지, 저 북해 좀 다녀오겠습니다."

"북해? 음, 최근에 북해라는 이름의 반점이라도 생긴 것이냐?"

"그거면 제가 말씀드리고 가진 않겠죠."

"그 북풍한설 몰아친다는 그 북해?"

"네."

"빙궁이 있는 그 북해?"

"네."

아버지는 당황한 듯 여러 번 묻고는, 이내 침착함을 되찾고 내게 물으셨다.

"이유는?"

"개인적인 의뢰입니다."

잠시 고민하시던 아버지께서 한숨을 푹 내쉬시며 말씀하셨다.

"그래, 네가 하는 일이라면 뭔가 이유가 있겠지. 알겠다. 조심히 다녀오거라."

"감사합니다."

"그래서 언제 갈 생각이냐?"

"되도록 빨리 출발할 생각입니다."

아버지에게 허락을 받고 내 별당으로 돌아오면서 이맘때쯤에 조심해야 할 것이 뭐가 있는지 떠올렸다.

없겠지?

.

.

.

그날 오후.

나는 팔갑과 네 명의 호위들에게 북해로 가는 것이 결정되었음을 알렸다.

내 말에 네 명의 호위들은 별다른 반응 없이 고개를 끄덕였을 뿐이다.

"그런데 혹시, 이 중에 북해에 가 보신 분 있으신가요?"

내 물음에 진유 무사가 말했다.

"제가 어느 정도 압니다."

그러고 보니, 사부님께서는 진유 무사에 대해 "아주 오래전의 인연."이라고 하셨었다.

아마 같은 사문의 사람이지 않을까 추측하고 있다.

그러니 북해에 대해 아는 거겠지.

"하지만 최근의 정보에 대해서는 잘 모릅니다."

그건 당연한 이야기기에 고개만 끄덕였다.

그날 저녁,

나는 잡화점 노인이 거하는 서가로 향했다.

북해에 가기 전에 잡화점 노인에게 인사도 드리고, 황제 폐하께 내 일 처리가 늦어져도 양해해 달라고 말도 해야 하니까.

사실, 가는 길에 북경을 거치긴 하지만 황제를 만나고 어쩌고 하다 보면 시간이 많이 지체될 터였다.

길을 걸을 때 팔갑이 나에게 물었다.

"걱정되십니까요?"

"북해에 가기로 하긴 했는데 문제가 있으니까."

"뭐 때문에 그러십니까요? 도련님께서 그러시는 것을 보니 제법 심각한 문제인 듯합니다요."

"내가 북해에 다녀올 동안 건혁이랑 보연이를 보지 못하잖아. 애들이 내 얼굴을 까먹으면 어떻게 하지?"

"네?"

팔갑은 살짝 당황했지만, 이내 평정을 되찾고 말했다.

"그럴 일 없으니 안심하셔도 됩니다요. 아기씨들이 도련님을 삼 년 만에 봐도 삼 각 만에 본 것처럼 대해 줄 겁니다요."

"그렇겠지?"

"네. 얼굴만 밝히는 더러운 세상이라서, 그건 확실합니다요."

응? 뭔가 이상한 말이 섞인 것 같은데?

.

.

.

나는 잡화점에 도착해 노인에게 북해에 가야 하는 사정
에 대해 이야기했다.

"그렇군. 살아서 돌아오도록 해라."

노인은 무뚝뚝하게 말했지만, 그 마음이 느껴졌다.

"네."

"여기 온 목적은 그게 다냐?"

"저기…… 혹시 가는 길에 조심해야 할 거라든지 그런
거 없습니까?"

내 물음에 노인은 잠시 생각하더니 피식 웃었다.

"가장 어려운 여정이 상행과 표행이다. 그런데 내가 뭘
더 조언하겠느냐?"

생각해 보니 그러네.

"그럼 윗분께 말씀 좀 잘 부탁드립니다."

"알았으니까, 잘 다녀와라."

.

.

.

다음 날 아침.

나는 내 무공 지도를 위해 오신 사부님께 의뢰를 받아
들이겠다고 말씀드렸다.

그러자 사부님은 나에게 포권하여 고개를 숙이셨다.

나는 황망하여 얼른 사부님을 일으켜 세우며 말했다.

"사부님, 왜 이러십니까?"

"감사하여서 그렇습니다."

"제자가 되어서 사부님의 의뢰 하나 못 들어드리겠습니까?"

"그렇군요. 이 이상으로 감사를 표하는 건 제 제자에 대한 모욕이 되겠군요. 알겠습니다."

사부님이 옅게 웃더니 고개를 주억거렸다.

"그럼 저는 제 나름대로 감사를 표하겠습니다."

그런데, 사부님.

어찌하여 눈에 불꽃이 활활 타오르십니까?

"출발하시기 전에, 열 번째 초식인 설붕을 완전히 익힐 수 있게 해 드리죠."

"……."

나에 대한 사부님의 고마운 마음이, 엉뚱한 곳으로 튀었다.

아니, 다치셨다면서요…….

.

.

.

그렇게 차근차근 준비를 마친 나는 유월의 보름이 되는 날 북해로 향했다.

곽명현은 은서호가 북해를 향해 떠나는 모습을 멀리서 바라보았다.

"일설(一雪)."

그의 부름에 누군가 나타나 부복했다.

순식간에 나타난 것만 봐도 그 실력을 짐작할 수 있었다.

"부르셨습니까? 궁주님."

그 호칭에 곽명현은 쓰게 웃었다.

설풍궁의 궁주였던 아버지가 돌아가시고, 소궁주였던 자신이 궁주의 자리를 이어받았다.

그리고 그 책임감으로 설풍궁의 흔적을 찾아 재건하기 위해 백방으로 노력하고 있었다.

하지만 그는 최근 자신의 사명이 뭔지 깨닫고 있었다.

"명을 내리겠습니다. 이전에 말했던 대로 제자를 보호해 주세요."

"알겠습니다. 그런데 한 가지 여쭙겠습니다."

"무엇입니까?"

"정말, 제자분에게 설풍궁의 궁주 자리를 넘기실 생각이십니까?"

"그에 대해 이야기하기에는 아직 이릅니다."

곽명현의 단호한 대답에 그는 고개를 끄덕였다.

"말씀 받들겠습니다. 그런데 몸은 괜찮으십니까?"

"네. 장인어른 덕분에 많이 나았습니다."

"궁주님께서는 몸을 아끼셔야 할 필요가 있습니다."

"유념하겠습니다. 하지만 제가 나설 수밖에 없는 상황이었지 않습니까? 우리의 존재를 눈치챘으니, 무리해서라도 제거하지 않았다면 우리 쪽이 큰 피해를 보았을 겁니다."

"……."

"그 시신을 잘 숨겨 놓았으니, 한동안 안전할 겁니다. 맹에서는 은거했다고 생각하겠죠. 그러니 걱정하지 마십시오."

"알겠습니다. 그래도 부디 몸 보중하십시오."

"그리하지요."

슉— 하는 소리와 함께 그자가 사라졌고, 곽명현은 한숨을 내쉬었다.

그러곤 미간을 찡그리며 옆구리를 눌렀다.

이번에 입은 상처가 쑤셨기 때문이다.

그래도 때마침 찾아온 장인 덕분에 빠른 속도로 아물어 가고 있었다.

그는 이번에 자신이 베어 버린 자를 떠올렸다.

설풍궁을 습격했던 이들 중 하나로, 우연히 설풍궁의 생존자들이 설풍궁의 재건을 위해 활동하고 있음을 알게 되었다.

당연히 곽명현으로서는 그를 살려 둘 수 없었기에 표행

을 가는 것으로 위장하여 접근했다.

하지만 원래 곽명현의 실력으로는 그를 이길 수 있다고 장담할 수 없는 수준이었다.

하지만 최근 은서호가 가져다준 설풍궁 조사의 심득이 담긴 비급을 통해 깨달음을 얻었다.

그로 인해 벽을 넘을 수 있었고, 덕분에 이번 싸움에서 승리할 수 있었다.

하지만 그 싸움에서 경시할 수 없는 부상을 입었고, 그로 인해 장인이 알려 준 흔적을 찾으러 갈 수가 없어졌다.

고민하던 그는 뭔가 하늘의 뜻인 것 같다는 생각이 들었다.

하여 은서호를 보내기로 했다.

사실 그건 은서호에 대한 일종의 시험이라고 볼 수도 있었다.

만약 은서호가 정말 궁주의 자질이 있다면, 남겨진 흔적에서 무엇이든 얻어서 돌아올 테니까.

그리고 자신 외의 생존자들도 그것을 보고 자신의 결정에 따라줄 터.

곽명현은 피식 웃었다.

'뭘 가지고 돌아올지 기대되는군.'

자신이 그동안 보아 온 대단한 제자는 뭘 가지고 돌아오든 상상 이상의 것을 가지고 돌아왔으니 이번에도 그럴 터.

그래도, 자신의 제자가 이 무거운 운명을 짊어져야 한

다면 그건 좀 나중이었으면 했다.

* * *

우리는 말을 타고 이동하고 있었다.

호북에서 북해로 가는 길은 크게 두 갈래였다.

조금 돌아서 북경을 거쳐 가느냐, 아니면 직진으로 사막을 통과하느냐.

나는 전자를 택했다.

그간 빠르고 효율적인 길을 택하기는 했지만, 그건 그 길이 안전하다는 정보가 있었기 때문이다.

하지만 사막을 통과하는 것은 너무나 위험성이 높고 불확실한 여정이니까.

사부님께서도 겨울이 되기 전에만 도착하면 된다고 하셨으니 무리할 필요도 없고.

내가 이쪽으로 가는 이유는 배를 타고 산동 쪽으로 가기 위함이기도 했지만, 다른 이유도 있다.

그렇게 가다 보니 무당파의 영역을 지나게 되었다.

무당파의 산문 안으로 들어가기 위해서는 해검지에서 무기를 맡겨 놓아야 하지만, 단순히 영역을 지날 땐 무기를 풀어서 짐 안에 넣거나 아니면 무기를 거꾸로 소지함으로 예를 표한다.

물론 무당파의 도사들에게는 해당이 없는 것이지만.

"무장을 해제하겠습니다."

서우 무사의 말에 나는 고개를 흔들었다.

"아뇨. 그냥 가도 됩니다."

"네?"

그 반문에 내가 말했다.

"저와 일행은 무당파의 영역에 그냥 들어와도 된다는 허락을 받았거든요."

지난번에 특별 허가패를 받을 때 나 혼자 무당파의 장문인을 뵈었기에 다른 이들은 모르는 사안이다.

내 호언장담에 내 일행은 고개를 끄덕이며 무장을 해제하지 않은 채 무당파의 구역에 들어섰고, 순찰 중이던 무당파의 제자들과 마주쳤다.

"거기, 무당파를 모욕한⋯⋯."

나는 말없이 허가패를 들어 보였다.

내가 가진 것은 특별 허가패로, 일행들에게도 해검의 의무가 없다.

내 손에 들린 허가패를 본 무당파의 제자들은 얼른 태세를 전환했다.

"무당파의 은공을 뵙습니다."

나는 마주 포권하며 인사를 받았다.

"반갑습니다. 은해상단의 은서호입니다."

"그 선협미랑 은서호 공자님이십니까?"

"허명이지만, 그리 불리고 있습니다."

그러자 무당의 제자들이 연신 고개를 숙였다.

"몰라 뵈어 죄송합니다. 얼마 전에도 본파에 큰 도움을 주셨다고 들었습니다.”

“저희의 도움이 필요하시다면 언제든 편히 말씀하십시오.”

나는 부드럽게 웃으며 말했다.

“일이 있어 잠시 이곳을 지나가던 중이었습니다. 일이 급해 장문인을 뵙지 못하고 가는 무례를 용서해 달라고 전해 주십시오.”

“알겠습니다.”

“그럼 수고하십시오.”

그렇게 우리는 해검하지 않고 그대로 무당파의 구역을 지날 수 있었다.

그렇게 무당산을 넘어가던 중, 한 전각이 보였다.

진무대제를 모신 곳이다.

이곳 무당산에는 곳곳에 진무대제를 모신 전각이 있었으니까.

“저곳에서 잠시 멈추겠습니다.”

“알겠습니다.”

우리는 진무대제의 전각 앞에 멈추었다.

내가 무당을 거쳐 가는 목적 중 하나가 이곳에 들르기 위함이니까.

안에 들어가자 매서우면서도 위엄 넘치는 모습의 그림이 보였다.

나는 그를 보며 정중히 예를 차렸다.

“감사합니다. 덕분에 제 조카들도 살리고, 틀어진 것도 바로잡을 수 있었습니다.”

"......."

"그런데 절은 안 하려고요. 어차피 그거 제가 잘해서 받은 보상 아닙니까? 절까지 할 필요는 없어 보여서요."

왠지 진무대제의 그림이 웃는 것처럼 보였다.

착각이겠지.

"그런데 말입니다. 혹시 제가 살린 이들 중에 진무대제께서 보살펴 주시는 이가 있었나요? 아니, 그냥 그런 생각이 들어서요."

진무대제의 그림이 살짝 떨리는 것 같은 것도 뭐 착각이겠지.

"그럼 가 보겠습니다."

나는 포권하여 예를 차리고는 돌아섰다.

그러다가 힐끔 뒤를 돌아보며 말했다.

"뭐, 언제든지 거래는 환영합니다."

밖으로 나와 일행들에게 웃으며 말했다.

"그럼, 다시 가 볼까요?"

* * *

여춘객잔(如春客棧).

그곳은 아침부터 분주했다.

이른 아침부터 식사 준비를 비롯하여 객실 청소 등 해야 할 일이 많았기 때문이다.

"주성아! 손님 받아라."

"주성아! 계산!"

"주성아!"

"주성아!"

"주성아!"

"아 씨! 진짜!"

문주성은 참다참다 빽 소리를 질렀다.

"제가 일을 잘한다는 건 압니다만, 그래도 이건 너무하잖아요!"

주방에 있던 그의 어머니가 웃으며 말했다.

"그게 다 널 의지하고 있기 때문이겠지."

그 말에 젊은 부부가 고개를 끄덕였다.

"암."

"그럼 그럼."

"누님은 저 없을 때 이 객잔을 대체 어떻게 혼자 운영하신 거예요?"

문주성의 물음에 그녀, 파두파파는 웃으며 말했다.

"별로 힘들지는 않았는데? 손님이 별로 없었거든."

"……."

이곳 여춘객잔은 파두파파가 자신의 남편인 유유검제를 보호하고 생활을 꾸려 나가기 위해서 세운 객잔이다.

파두파파는 주안술 때문에, 그리고 유유검제는 화경에 이르며 반로환동한 덕분에 서른 살 정도로 보였다.

그런 그들에게 할머니 할아버지라고 할 수 없었기에 누님, 형님이라고 부르고 있었다.

파두파파가 그리 불러달라면서 도끼를 어루만져서는 결코 아니다.

아무튼, 은서호와 헤어져 집으로 돌아온 문주성은 약간의 재물을 챙겨 집을 나왔다.

그렇게 길을 가던 도중 녹림을 만나 재물을 빼앗길 위기에 처했을 때, 은서호의 부탁을 받은 파두파파와 유유검제 덕분에 목숨을 건질 수 있었다.

그리고 이곳에 취업했다.

그때부터였을 거다.

갑자기 주변의 녹림들이 정리되는 바람에, 이곳이 안전한 곳이 되어 손님들이 늘어난 것이.

여춘객잔의 객실은 총 열네 개.

그 열네 개의 객실도 부족하여 손님들에게 양해를 구해서 합숙을 해야 할 정도였다.

그것마저 부족해서 객잔 일 층에 자리를 깔고 자는 사람도 제법 있었다.

그랬다.

문주성의 어머니와 파두파파, 그리고 유유검제가 계속해서 문주성을 불러 대는 건 손님이 너무 많아서였다.

"그래서 말인데, 아무래도 객잔을 확장해야겠구나."

유유검제의 말에 문주성은 머리를 긁적였다.

"형님 말대로, 확장밖에는 답이 없죠?"

자신이 집에서 가지고 온 재물도 있고, 은서호가 오색빙정화 값이라며 준 재물도 있어서 비용은 문제가 없다.

그렇게, 오 층 누각을 지었다.

그게 반 년 전의 일이다.

객잔을 확장하자, 손님들이 더욱더 늘어났고 점소이를 열 명이나 고용했는데도 정신없이 바빴다.

그러다 보니 봄이 순식간에 지나가고 여름이 되었다.

그래도 작풍기 덕분에 그리 덥지 않은 여름을 보내고 있었다.

문주성은 이른 아침부터 일어나 직접 점소이들을 지휘하며 객잔을 청소하고 있었다.

그때 위에서 유유검제가 내려오며 말했다.

"벌써부터 청소라니, 정말 부지런하구나."

"네. 다른 건 몰라도 청소는 직접 해야지요. 이 청소라는 것이 얼마나 중요한데요."

그리 말하는 문주성의 손에는 걸레가 들려 있었다.

"맞는 말이다."

유유검제가 흘깃 창문을 보더니 말을 이었다.

"오늘은 청소에 좀 더 신경 쓰는 게 좋겠다."

"네?"

"왠지 오늘, 반가운 손님이 올 것 같거든."

* * *

나는 오 층짜리 누각 앞에 서서 고민에 빠졌다.

여기가 진짜 그 여춘객잔이 맞는 거지?

현판은 분명히 예전에 봤던 그대로였다. 하지만 객잔의 외관이 이전과 완전히 달랐다.

나만 그렇게 당황한 것이 아니라, 나와 함께 이곳에 와본 적이 있던 팔갑과 여응암 무사, 이필 무사도 마찬가지였다.

"거기가 이렇게 바뀌다니!"

"놀랍네요."

솔직히 여춘객잔이 확장 공사를 해서 규모가 커졌다는 건 다른 행수들에게 살짝 들어서 알고는 있었다.

하지만 이 정도일 줄은 몰랐다.

"일단 들어가죠."

내가 무당산을 거쳐 온 또 다른 이유가 바로 이곳에 들르기 위함이니까.

당황을 가라앉히고 안으로 들어가자, 점소이가 친절하게 우리를 맞아주었다.

"어서 오세요."

"방 있습니까?"

"물론이죠. 여섯 분이시니까, 세 개를 드리면 되나요? 네 개를 드리면 되나요?"

그 물음에 내가 대답했다.

"방은 세 개, 그리고 식사도 할 겁니다."

"알겠습니다."

그때 위층에서 커다란 빨래가 담긴 바구니를 들고 내려

오던, 익숙한 얼굴의 청년과 눈이 마주쳤다.

"어!"

눈이 휘둥그레지는 그에게 전음을 보냈다.

– 서로 모르는 척하기로 했잖습니까?

"……."

– 잘 지내고 있는 것 같아서 다행입니다.

38장. 한밤중의 손님

한밤중의 손님

잠시 후,

문주성 공자는 찻주전자와 찻잔이 담긴 쟁반을 들고 내
방에 들어왔다.

주변에 아무도 없는 것을 확인했기에 나는 반갑게 인사
했다.

"그동안 잘 지내셨습니까?"

"은공 덕분에 잘 살고 있습니다."

"그런데…… 어떻게 된 겁니까? 그 객잔이 이렇게까지
커질 수 있는 겁니까?"

"그게, 어쩌다 보니 이렇게 되었습니다."

그는 그간의 자초지종을 설명했다.

"그렇게 손님이 많아진 덕분에 은공께서 주신 돈을 사
용해도 의심을 받지 않을 만한 상황이 되었습니다. 하여 그 돈과 제가 챙겨 온 재물을 합쳐서 이렇게 오 층 누각을 지었는데…….”

문주성 공자는 귀밑을 긁적이며 말했다.

“손님이 더욱 늘어나서 매일매일 바쁘게 지내고 있습니다.”

그리 말하는 문주성 공자의 얼굴에는 미소가 가득했고, 나 역시 뿌듯했다.

내 이전 삶에서 문주성 공자는 복시령과를 가지고 득행상단에 돌아가 상단주가 되었지만, 그때 봤던 그는 전혀 행복해 보이지 않았었으니까.

하긴 자신이 가져온 복시령과 때문에 득행상단이 무너지기 직전까지 갔고, 심지어 어머니까지 돌아가셨으니 행복할 리가 없지만.

그때의 기억 때문일까?

나도 모르게 그에게 말했다.

“행복해 보이십니다.”

“아, 네.”

문주성 공자는 고개를 주억거리며 대답했다.

“행복합니다.”

이 객잔이 크게 성장한 것이 꼭 운이 좋아서는 아닌 듯했다.

이렇게까지 친절하고 깨끗한 객잔은 처음이었으니까.

내 사업적인 감각이 말하고 있다.

이 여춘객잔은 여기서만 유명하고 멈출 그런 객잔이 아

니었다.

문득 그런 생각이 들었다.

득행상단주가 나중에 문주성 공자가 성공한 것을 보고 무슨 생각을 할까.

내가 듣기로 득행상단에서 운이 없는 자손을 내칠 땐 불운이 옮을까 봐 부자간의 연도 끊어 버린다는데…….

"다행입니다. 행복하게 잘 사시는 것을 보니 좋네요."

"은공 덕분입니다. 그때 범에게 큰일 날 뻔했던 것을 구해 주시고 또 조언도 해 주셨으니까요."

그 말에 나는 그냥 웃었다.

잘은 모르겠지만, 그는 그때에도 목숨을 건졌을 거다.

내 지난 삶에서 복시령과를 가지고 가문으로 돌아갔던 것을 보면 말이지.

.

.

.

그날 오후.

식사를 하고 누각 옆의 정원을 걸었다.

객잔을 이용하는 이들을 위해 이렇게 넓고 아름다운 정원을 만들어 놓은 것을 보면 문주성 공자가 사업에 감각이 있다는 생각이 들었다.

팔갑과 호위무사들을 대동한 채 정원을 걷고 있을 때 누군가 다가왔다.

삼십 대 초반으로 보이는 여인의 모습에 나는 얼른 포

권하여 인사했다.

"오랜만에 뵙습니다."

파두파파였다.

"그래, 잘 지냈느냐?"

"네, 어르신도 잘 지내셨습니까."

"나야 뭐 별일이 있었겠느냐. 그나저나 소식은 많이 들었다. 선협미랑이라는 명호를 얻었다지?"

"네, 어쩌다 보니 그렇게 되었습니다."

"너라면 언젠가 이름을 날릴 거라고 생각은 했는데, 생각보다 빠르더구나."

뭔가 쑥스러워져서 뺨을 긁적였다.

"그런데, 어떻게 된 겁니까? 객잔이 상당히 커졌습니다."

파두파파는 피식 웃으며 답했다.

"네가 맡아 달라고 한 녀석이 제법 수완이 좋더구나."

"본인은 운이 좋았다고 하던데요?"

"말도 안 되는 소리. 나도 객잔을 운영해 봐서 안다. 운만 좋아서는 그 객잔을 이렇게 크게 만들지도 못하고, 유지하지도 못한다."

"그렇긴 하죠. 그리고 어르신 덕분이기도 하고요."

"나? 내가 뭘 했다고?"

"불청객이라든가, 문제가 있을 때 해결해 주셨을 거 아닙니까?"

이렇게 급성장하다 보면 주변에서 방해가 들어오는 경우

도 있고, 무림인들이 행패를 부리는 경우도 제법 있으니까.

내 물음에 그녀는 웃으며 대답했다.

"뭐, 버릇없게 구는 녀석들이 있어서 조용히 끌고 가서 머리를 깨 주곤 했지. 하지만 네가 부탁한 거 아니더냐?"

나는 파두파파에게 그 남편을 구명해 줄 복시령과를 대가로 문주성 공자를 오 년 동안 지켜 달라고 했다.

그 후로 삼 년 정도 지났으니, 이제 이 년 정도 남았나?

하지만 나와 약속한 기간이 지나도 파두파파는 이 객잔을 떠날 것 같지 않았다.

그때 저 멀리서 한 청년이 다가왔다.

"부인, 거기서 뭐 하십니까?"

"아! 낭군님."

그 청년을 보며 파두파파는 마치 소녀처럼 웃었다.

"제가 전에 말한 그 은씨 청년이에요."

"아! 이 청년이!"

그는 부드럽게 웃으며 내게 포권했다.

"그대가 베풀어 준 은혜 덕분에 목숨을 구할 수 있었네. 구명지은에 감사하네."

"어……."

생각보다 더 정중한 그 인사에 뭐라고 반응해야 할지 알 수 없었다.

퍽-!

파두파파는 손바닥으로 내 등을 치며 말했다.

"인사 안 받아 주고 뭐 하냐?"

"아. 네. 이리 건강해지셔서 다행입니다. 앞으로 두 분이 백년해로하십시오?"

"우리 나이가 곧 있으면 백 살이다."

"어……."

순간 당황했지만, 나는 배시시 웃으며 말을 이었다.

"그럼 천년해로하시면 되겠네요."

"아주 고맙다. 이 녀석아."

문득 궁금한 것이 생겼다.

"그런데, 어르신의 성함이 어찌 되시나요?"

"나?"

파두파파가 웃으며 대답했다.

"연가화(淵佳花)."

아름다운 꽃이라는 의미다.

머리를 깨부수는 노파라는 의미의 파두파파와는 전혀 다른 이름에 순간 당황했다.

하지만 이내 고개를 끄덕였다.

그 어떤 여인이 그런 명호를 얻고 싶어 할까? 그저 세상이 그녀를 그렇게 만든 것일 터.

그렇게라도 살아남아야 했던 세상일 테고.

"그리고 내 낭군님의 이름은 유건(柳健)이고."

"이제야 두 분의 존함을 여쭙는 무례를 용서해 주십시오."

"아닐세. 솔직히 우리의 이름을 물어봐 주는 것이 고맙지."

그리 말하며 서로를 바라보는 두 분의 모습에서 서로를 깊이 은애하고 있음이 느껴졌다.

그리고 또 다른 것도 느껴졌다.

유건 어르신의 내공.

일부러 기운을 발산하지 않았음에도 그 기도가 느껴질 정도였다.

마치 거대한 절벽을 마주한 듯한 기분.

이런 기분을 언제 느껴 봤더라?

아, 최근에 사부님이 깨달음을 얻으셨다고 했을 때 이런 느낌이었지.

그럼, 사부님도 이 경지에?

그러면 더더욱 의문이다. 그런 분이 다치실 정도면 엄청난 싸움을 하셨다는 건데.

그때 저 멀리서 사람들이 다가오기 시작했고, 그걸 본 파두파파, 아니 연가화 어르신이 말했다.

"그럼 우리는 이만 가 보마. 어딜 가는지 모르겠지만, 조심하고 잘 다녀와라."

"네."

이어서 유건 어르신도 한마디 덧붙였다.

"누가 괴롭히면 말하게나."

"네. 꼭 말하겠습니다."

내가 인사하자, 두 분은 휙 돌아 객잔으로 들어가셨다.

"후—!"

"후우—!"

두 분이 객잔에 들어감과 동시에 내 호위무사들이 안도의 한숨을 내쉬며 식은땀을 닦았다.

"대, 대체 저분들은 누구십니까?"

특히나 절정에 다다른 서우 무사와 진유 무사는 더더욱 두려움을 느낀 듯했다.

설명하기가 복잡해서 나는 간단하게 대답했다.

"아, 전에 인연이 닿았던 좋은 분들입니다."

.

.

.

여춘객잔에서 하룻밤 묵은 우리는 다음 날, 짐을 챙겨서 일 층으로 내려왔다.

"가시는 겁니까? 손님?"

"네."

문주성 공자는 말은 하지 않았지만, 상당히 서운한 표정이었다.

- 다음에 또 들르겠습니다. 그때까지 몸 건강히 행복하게 사시고요.

내 전음에 문주성 공자는 고개를 끄덕였다.

우리는 여춘객잔을 나섰다.

사람들은 누구나 행운을 찾기 위해 노력한다. 하지만 행운은 그저 행운일 뿐이다.

행운은 마치 종이와 같아서 시련이라는 바람이 불면 날아가 버린다.

그런 종이 같은 행운을 잡아, 행복을 누리기 위해서는 무거운 뭔가가 있어야 했다.

가족이든, 친구든, 책임감이든, 노력이든 그런 무거운 무언가가 행운이 행복으로 남을 수 있게 한다고 생각한다.

손님들에게 좋은 기억을 남겨 주기 위해 정신없이 뛰어다니던 문주성 공자의 모습이 떠올랐다.

그런 그이기에, 행운이 행운에서 끝나지 않고 행복으로 머무르는 것이 아닐까.

그렇게 여춘객잔을 나선 우리는 곧 나루터에 도착했다.

말도 태워야 했기에 큰 배를 타고 산동으로 향했다.

하류로 내려가는 길이었기에 그 속도는 매우 빨랐다.

하지만, 배라는 것은 편하긴 하지만 좀 지루한 면이 없잖아 있다.

벌써 팔갑은 몸을 배배 꼬고 있었다.

"지루해도 하루 종일 말을 타는 것보다는 낫지 않아?"

내 물음에 팔갑은 한숨을 푹 쉬었다.

"그건 그렇습니다만, 그래도 이렇게 가만히 있으니까 갑갑하고 좀이 쑤십니다요."

"그래?"

문득 진유 무사를 불러서 수련을 시킬까 했지만, 팔갑이 배우는 무공은 남들이 봐서 좋을 것이 없었다.

그렇다고 좁은 공간에서 수련하기도 뭣하고.

문득 좋은 생각이 떠올랐다.

여기, 팔갑과 놀아 줄 녀석이 있으니까.

"금령아. 나와 봐."

"꾸이?"

"팔갑이 심심하대. 너도 심심하지?"

"꾸이!"

내 말에 금령은 잘되었다는 듯이 눈을 빛내었고, 곧바로 팔갑에게 쇄도하여 뒷발로 팔갑의 얼굴을 차 버렸다.

퍼억—!

"으읏! 뭐, 뭐야?"

팔갑이 무공을 익히기 시작하면서 제법 날래졌다고 해도 아직 금령에 비하면 느렸다.

그리고 금령의 도발은 무척 훌륭했다.

"이 자식이!"

"꾸잇! 꾸잇!"

"허엇! 이게! 잡히기만 해 봐라!"

금령 덕분에 그 후로 팔갑은 심심하다는 말을 한마디도 하지 않았다.

.

. .

.

그렇게 배를 타고 이동하던 도중 낯익은 산이 보였다.

태산이다.

중원에는 오악(五岳)이라 불리는 다섯 개의 산이 있다.

동쪽의 태산, 서쪽의 화산, 남쪽의 형산, 북쪽의 항산, 가운데 숭산.

그 오악 중 으뜸이 태산이라고 했다.

해가 뜨는 동쪽에 있어 가장 성스럽기 때문이다.

태산을 한 번 오를 때마다 십 년이 젊어지고 소원을 이룰 수 있다고 하는데, 내가 볼 때 산을 오르는 게 힘들어서 그런 것 같았다.

솔직히 높이가 높지 않아 만만해 보이지만, 결코 만만치 않은 산이니까.

다행히 우리는 저 산을 넘지 않고 태산을 빙 도는 강을 타고 더 내려간다.

태산이 보인다는 건 산동에 들어섰다는 의미이기에 우리는 슬슬 내릴 준비를 하기 시작했다.

그리고 배에서 내리고는 근처에서 하룻밤을 묵어가기로 했다.

배를 타고 이동하는 것이 편하긴 하지만, 알게 모르게 몸이 피곤한 일이었기 때문이다.

그리고 배에 오래 탔다가 땅에 내리면 땅멀미를 하는 경우도 있다.

무공을 익힌 이들은 별로 그런 것이 없었지만, 그래도 다시 말을 타고 이동해야 했기에 체력을 비축할 필요가 있었다.

그리고 말이라는 동물은 상당히 예민한 동물이었기에, 땅에 적응해야 할 시간이 필요했다.

우리도 비상식량 등 필요한 물품을 보충해야 했고.

나루터 근처에 내가 예전에 종종 묵었던 객잔이 있었기에 그리로 향했다.

산동을 거쳐 다른 곳으로 갈 때 자주 묵었던 곳이다.

"저 객잔에서 묵고 가죠."

"알겠습니다."

우리는 객잔에 짐을 풀었다.

다들 조용히 피로를 풀고는 다음 날 아침 출발했다.

.

.

.

나루터 근처 객잔에서 출발한 지 이틀째였다.

"주군, 이쯤에서 야숙을 준비하는 게 좋겠습니다."

"그게 좋겠군요. 무리할 필요는 없으니까요."

서우 무사의 제안에 나는 고개를 끄덕였다.

산속인지라 빠르게 해가 지고 있었다.

"그럼 적당한 장소를 찾아보겠습니다."

"네."

호위무사들이 주변을 찾아보고는 평평한 곳을 골라 야숙을 준비하기 시작했다.

자리를 정돈하고, 모닥불을 피우는 등 일사불란하게 움직인 덕분에 상당히 빠르게 야숙할 준비를 할 수 있었다.

저녁으로 근처에서 사냥해 온 토끼 고기와 점심으로 먹다 남은 만두를 데워 먹었다.

"그럼, 불침번을 정하겠습니다."

서우 무사의 말에 나머지 세 무사와 팔갑이 순서를 정할 때 내가 끼어들었다.

"저도 불침번을 서겠습니다."

"네?"

"주군께서도 불침번을 서신다니, 무슨 말씀입니까?"

"맞습니다요. 도련님은 그냥 푹 주무셔도 됩니다요."

나는 단호하게 고개를 저었다.

"괜찮습니다. 저도 불침번을 서는 게 맞죠. 다들 졸릴 텐데 저도 불침번을 서면 조금씩 더 쉴 수 있으니까요."

내가 강하게 의견을 피력하자 다들 마지못해 고개를 끄덕였다.

나와 팔갑이 짝이 되었고, 순서는 두 번째였다.

첫 번째와 마지막이 피로도가 덜했지만, 그래서이기도 했다.

나의 안전을 지켜 줄 호위무사들이 피곤한 것보다 나와 팔갑이 피곤한 게 나았으니까.

첫 번째 불침번인 진유 무사와 여웅암 무사가 나를 깨우지 않을 것이 뻔했기에 나는 약속된 시간에 알아서 일어났다.

"어…… 일어나신 겁니까?"

당황한 표정을 보니, 역시나 내 생각대로군.

나는 단호하게 말했다.

"주무십시오."

"아, 네."

그들은 내 눈치를 보며 바닥에 누웠고, 곧 쿨쿨 잠이 들었다.

나는 피식 웃었다.

그렇게까지 무리하지 않아도 되는데, 솔직히 그건 어려운 일이겠지.

그렇게 팔갑과 함께 모닥불을 지키며 불침번을 서고 있던 그때였다.

딸랑,

딸랑,

딸랑,

저 멀리서 들리는 요령(搖鈴) 소리에 팔갑은 겁에 질려 내게 물었다.

"흐익! 이, 이건 무슨 소리입니까요?"

나는 그 요령 소리가 뭔지 알 것 같았기에 조용히 팔갑을 진정시켰다.

"진정해. 적은 아니니까."

"네? 적이 아니라고요."

"응."

나는 고개를 끄덕였다.

"좋은 일을 하시는 분이 내는 소리야."

지금 우리가 가는 길은 산속이긴 하지만, 관도와 관도를 잇는 산길이다.

즉, 나라에서 어느 정도 관리를 하는 안전한 길이라는

의미다.

게다가 살기라든지 흑도의 기운 같은 것도 느껴지지 않았으니, 우리를 노리는 적이 아니다.

"그럼 뭡니까요?"

그 말에 나는 자리에서 일어나며 말했다.

"강시."

"네에?"

내 말에 팔갑은 깜짝 놀라 외쳤다.

"가, 가, 가, 강시라면 그……."

팔갑은 침을 꿀꺽 삼키고는 말을 이었다.

"시신 아닙니까?"

"맞아. 이 소리는 모산파의 도사가 강시들을 이끄는 소리야."

그걸 알기에 내가 평온하게 있는 것이다.

모산파의 도사들은 타지에서 객사한 시신들을 그들의 고향으로 되돌려 보내 주는 일을 했다.

주술로 시신들을 움직이긴 했지만, 관절이 굳어서 쿵쿵거리며 이동하는 시신들은 다른 이들에게 상당한 공포감을 주기 마련이다.

하여 최대한 사람들의 눈에 띄지 않기 위해서 한밤중에 산길을 이용하는 편이었다.

내가 이에 대해 잘 아는 건 과거 풍부한 상행 경험 때문이었다.

그리고 가끔 의뢰를 맡은 표국의 표두가 "죄송하지만,

모산파 도사의 부탁이 들어왔습니다."라고 하면서 양해를 구할 때도 있다.

부득이하게 표국의 도움을 받아야 할 때였는데, 그럴 땐 그 청을 거절하지 않는 것이 암묵적인 법도였다.

하여 수레를 마련하여 그곳에 시신을 싣고 이동하는 것이다.

시신을 옮긴다는 것이 꺼림칙한 일이긴 했지만, 그럼에도 그 청을 거절하지 않는 건 언제 객사할지 모르는 것이 표국과 상단 사람들의 삶이었기 때문이다.

혹시라도 불행한 일을 당하여 객사했을 때 자신의 시신이 가족들에게 돌아가길 바라는 마음으로 공덕을 쌓는 것이다.

이와 비슷한 의미로, 모산파 도사를 만났을 때 잘 대접해 주는 것도 상단과 표국 사람들의 관례였다.

"진짜입니까?"

"응."

팔갑은 내 말에 고개를 갸웃하며 물었다.

"그런데 제가 알기로 도련님의 상행이나 여정 중에 한 번도 모산파 도사님을 뵌 적이 없는데 그걸 어떻게 아십니까?"

어…… 생각보다 예리한데?

나는 대충 둘러대었다.

"직접 만난 건 아니지만, 다른 행수님들이나 형님들한테서 들어서 알지. 그리고 모산파 도사님을 만났을 때 잘 대접하지 않으면 여정에 마가 낀대."

그때 뒤에서 서우 무사의 목소리가 들렸다.

"주군의 말씀대로입니다."

뒤를 돌아보니, 서우 무사가 몸을 일으키고 있었다.

"어? 일어나셨어요?"

"네, 이 요령 소리를 듣고도 잠에서 깨지 않으면 안 되죠."

하긴 서우 무사 역시 절정의 무사니까.

그만큼 기감이 예민해서 아무리 깊이 잠들었다고 해도 이 정도 소리에는 깰 수밖에 없는 것.

"요령 소리를 들어 보니, 이곳으로 오는 것 같군요."

서우 무사의 말에 나는 고개를 끄덕였다.

"다른 분들도 깨워서 맞이할 준비를 하죠."

잠시 후,

딸랑.

딸랑.

"객지의 망자들이 고향 땅을 밟는다는데, 그 무엇이 막아설꼬. 가자, 가자."

딸랑.

딸랑.

우리의 예상대로 황색의 옷을 입은 모산파의 도사가 요령을 흔들고 축문을 외우며 다가왔다.

망자들의 넋을 달래는 축문이다.

그리고 그 뒤를 따르는 다섯 구의 강시가 있었다.

서우 무사가 나를 보며 조용히 물었다.

"모산파 도사와 강시를 보는 것이 처음이실 텐데, 괜찮으십니까?"

"아, 네. 괜찮습니다."

내가 너무 평온한 모습이었나 보다.

"역시…… 평소에도 느꼈지만, 주군께서는 평범한 분이 아니십니다."

"하하하. 그런가요?"

나는 머리를 긁적였다.

확실히 웬만한 이들은 놀라서 혼절할 만한 모습이다.

나도 이전 삶에서 저 모습을 처음 보았을 때 무척 놀랐었다.

지금 내 옆에 딱 붙어서 벌벌 떠는 팔갑처럼.

녀석도 참, 살왕의 재능을 타고 태어났으면서 시신이 무섭다니!

그리고 곰은 원래 용감한 동물이라고.

저 모습에 놀라는 것도 한두 번이지, 몇 번 보다 보면 두렵거나 꺼림칙한 것보다는 안쓰러운 마음이 들게 된다.

그러고 보니 이전 삶에서 모산파의 도사가 우리 상단을 방문했던 적이 있었다.

실종되었던 상단 사람들의 시신을 전달해 주기 위해서였다.

당시 얼마나 고마웠던지.

그때 우리 쪽으로 다가오던 모산파 도사의 요령 소리가 딱 멈추었다.

나와 일행은 그에게 다가가 포권했다.

"모산파의 도사님을 뵙습니다. 저는 은해상단의 사람이고, 제 호위무사들과 시종입니다."

모산파의 도사 역시 우리에게 예를 표했다.

"아, 은해상단의 사람이시군요."

나는 도사님의 얼굴을 보며 반가움을 감췄다.

뭔가 얼굴이 낯익다 싶었는데, 이전 삶에서 실종됐던 우리 상단 사람들의 시신을 데려와 주셨던 그 도사님이었다.

이번 삶에서는 내가 언질해 준 덕분에 실종 사건이 일어나지 않았지만, 이전 삶의 고마움이라는 것은 희석될 성질의 것이 아니었다.

이 도사님의 이름이…….

"저는 모산파의 청수(淸水)라고 합니다."

"불쌍한 이들을 고향으로 이끄시는 중인가 봅니다."

"그렇습니다. 이곳에서 쉬시던 중이신 듯한데, 놀라게 해서 죄송합니다."

"아닙니다. 이는 당연한 일이지요. 차라도 한 잔 드시고 가십시오."

내 말에 청수 도사님은 고개를 저었다.

"시주의 제안은 감사합니다만, 아시다시피 낮이 되기

전에 움직여야 하는 처지입니다."

나는 고개를 끄덕이고는 아까 따로 챙겨 두었던 주머니를 내밀었다.

"알겠습니다. 도사님의 상황은 충분히 이해가 가니 어쩔 수 없죠. 이건 약소하지만, 부디 망자들의 한풀이에 도움이 되었으면 합니다."

도사는 이것까지는 거절하지 않고 공손히 예를 표했다.

"감사합니다. 시주님들의 여정에 홍복이 있길 기원하겠습니다."

그리 말한 청수 도사님은 주머니를 품에 넣으며 말했다.

"그럼 저희는 이만 지나가겠습니다."

그리고 다시 요령을 흔들고, 축문을 외우며 강시들을 이끌고 사라지셨다.

마치 폭풍이 지나간 듯했다.

"아이구야!"

그제야 팔갑은 긴장이 풀렸는지, 자리에 주저앉아 식은땀을 닦았다.

"가, 간 겁니까요?"

"응."

나는 고개를 끄덕이며 물었다.

"그렇게 무서웠어?"

"말도 마십시오! 한밤중에 움직이는 시신들을 봤는데

당연히 무섭지요."

"난 안 무서웠는데?"

"그거야, 도련님께서는 워낙 겁대가…… 흠흠, 겁이 없
으시니까요."

방금 겁대가리라고 말하려다 만 것 같은데?

나는 그냥 피식 웃고 말았다.

아무튼, 우리는 다시 자리를 정돈하였고 팔갑과 나는
모닥불 앞에 앉았다.

그리고 잠에서 깬 무사들은 다시 잠을 청했다.

아침이 되었다.

마지막 불침번이었던 서우 무사와 이필 무사는 언제 다
녀왔는지 산짐승을 잡아 오고 약재를 넣어 뜨끈한 탕국
을 끓여 놓았다.

여응암 무사가 한 숟갈 먹고는 시원한 표정으로 말했
다.

"이거 술도 마시지 않았는데, 해장하는 기분입니다."

"그러게 말입니다."

모두 고개를 끄덕였다.

"서우 무사님께서 음식을 잘 하긴 하시네요."

내 말에 서우 무사는 쑥스럽게 웃으며 말했다.

"제가 일하던 곳의 상자수가 음식을 기가 막히게 잘 했
습니다. 그래서 조금 배워 두었습니다. 살다 보면 무슨
일이 생길지 모르니까요."

"덕분에 아침부터 이렇게 맛있는 음식을 먹는군요. 감사합니다."

우리는 화기애애하게 아침 식사를 마치고 출발할 준비를 하였다.

모두 일사불란하게 움직이자, 출발 준비도 금방 되었다.

우린 말에 올라탔고, 다시 목적지를 향해서 출발했다.

그렇게 한 서너 시진쯤 갔을까?

뭔가 이상한 소리가 들렸다.

"무슨 일이십니까?"

서우 무사의 물음에 나는 손으로 앞을 가리키며 말했다.

"누군가의 신음을 들은 것 같습니다."

그 말에 서우 무사와 진유 무사가 잠시 눈을 감고 뭔가 집중하더니 고개를 끄덕였다.

"주군의 말씀대로입니다."

"저쪽에서 들리는 것 같군요. 그런데…… 뭔가 낯설지가 않습니다."

"네."

이건 분명 어제 우리를 지나쳤던 모산파의 청수 도사님의 기운이다.

우리는 곧장 그 기운이 느껴지는 곳으로 향했고, 엎어져 있는 사람 하나를 발견했다.

피투성이가 된 채 힘겹게 신음을 흘리고 있는 사람은 청수 도사가 맞았다.

"도사님, 정신 차리십시오. 도사님."

"으……."

"도사님."

우리는 조심스레 도사님을 바로 눕혔고, 이곳저곳에 검상을 발견했다.

"안 되겠습니다. 의원에게 가야겠습니다."

정해진 여정이 있기는 하지만, 이렇게 죽어 가는 사람을 두고 어찌 그냥 가겠는가?

게다가 청수 도사님은 은해상단에 실종된 이들의 시신을 돌려주신 분이다.

다행히 가는 길에 민가가 있었기에 그곳에 들러 의원을 찾았다.

.

.

.

그날 오후.

청수 도사님은 의식을 되찾으셨다.

"정신이 드십니까?"

"으음. 어제 뵀던 젊은 시주님이시군요."

"네. 길을 가다가 피투성이가 되어 쓰러져 계신 것을 발견하여 이렇게 의원님께 모셨습니다."

내 말에 그는 몸을 일으키려 했지만, 아직 제대로 회복된 게 아니기에 얼굴을 찡그렸다.

"그냥 누워 계십시오."

하지만 청수 도사님은 기어코 몸을 일으켰고, 나에게 포권하여 고개를 숙였다.

"제 목숨을 구해 주셔서 감사합니다."

"당연히 해야 할 일을 했을 뿐입니다. 그리고 제가 도사님을 발견한 건 도사님께서 그동안 쌓아 오신 선업 덕분이라고 생각합니다."

청수 도사님은 나를 바라보며 옅은 미소를 지었다.

그 미소에 나도 모르게 머쓱한 표정을 지었다.

"그나저나 대체 무슨 일이 있으셨던 겁니까?"

청수 도사님은 깊은 한숨을 내쉬며 답했다.

"강시들을 탈취당했습니다."

"네?"

청수 도사님은 자초지종을 설명했는데, 우리를 만난 후 부지런히 목적지로 향하셨다고 한다.

날이 밝기 전에 시신들을 숨길 만한 곳까지 가야 했기 때문이다.

그런데 그 장소에 도착하기 바로 직전에 갑자기 한 무리의 이들이 습격하여 강시들을 뺏겼다고 한다.

그는 설명을 마치고는 내게 고개를 숙였다.

"시주께서는 은해상단의 상인이라고 하셨지만, 시주님과 호위 분들의 실력이 평범하지 않음을 알고 있습니다."

"네?"

그걸 어떻게 아셨지?

"제가 그걸 어찌 알았는지 궁금해하시는 듯합니다만."

"네. 그렇습니다."

"이 업을 하다 보면 자연스럽게 무림인들의 실력을 알아보는 눈을 가지게 됩니다. 아무리 그 실력을 감춘다고 해도 알게 모르게 드러나는 게 있습니다."

"그렇군요. 말씀하신 대로 그리 부족한 실력들은 아니기는 합니다."

"그래서 부탁드리고자 합니다. 부디, 탈취당한 강시들을 되찾아 불쌍한 이들을 고향 땅에 돌려보낼 수 있도록 도와주십시오."

.

.

.

나는 청수 도사님에게 잠시 고민해 본다고 한 후, 밖으로 나왔다.

강시를 훔쳤다는 말을 듣자 떠오르는 것이 있었기에 심각해졌다.

그리고 청수 도사가 쓰러져 있던 곳에서 느껴지던 역겨운 기운도 그렇고.

이전 삶에서 산동과 하북 일대에서 발호한 세력이 있었다.

자칭한 이름은 '환천단(換天團)'.

그들은 강시를 앞세워 북경을 침공하려 했다.

하지만 하북팽가와 진주언가, 황보세가와 산동악가 등에 의해 저지당했다.

문제는 그 와중에 고통받은 많은 백성이다.

그것까지는 막을 수 없었으니까.

그나저나, 그 시기가 대략 십 년쯤 후인데 벌써부터 강시들을 모으고 있었던 건가?

하긴 그럴 수밖에 없지.

강시라는 게 단시간에 모을 수 있는 건 아니니까.

내 기억에 그들이 동원한 강시의 수는 오만여 구에 달했다.

그걸 어떻게 모았을까?

전 중원을 오가는 모산파의 도사들이 만들어 이동 중이던 강시들을 탈취하는 식으로 강시들을 모은 것이다.

보통 모산파의 도사들은 폐쇄적인 성향이 강했기에 혼자 활동하는 경향이 강했다.

그렇기에 그런 상황을 알지 못하고 강시들을 탈취당한 것이다.

그리고 추가적으로 화전민이나 난민들을 납치하기도 했겠지.

관이나 무림의 영향이 제대로 미치지 않는 곳도 있을 테니까.

아무튼, 그들이 지금부터 활동하기 시작했다면 지금 그 싹을 잘라 버리는 것이 최선이다.

독초라는 것은 싹이 틀 땐 손가락 두 개만 있어도 제거할 수 있지만, 독초가 다 자라고 나면 그땐 사람을 불러야 했으니까.

하지만 워낙 규모가 큰 일이었고 위험성도 높았기에 섣불리 판단하기가 어려웠다.

그때 뒤에서 진유 무사가 다가왔다.

"도사님께서는 어떠십니까?"

"네, 몸을 보중하시면 쾌차하실 겁니다."

"그런데 어찌하여 근심 가득한 표정이십니까?"

나는 내 미간을 문지르며 말했다.

"하하, 들켰네요."

"고민이 있으시다면 언제든지 말씀해 주십시오."

"음, 다름이 아니라 저희가……."

나는 조심스럽게 말을 하려다가 멈췄다.

아니, 꼭 우리끼리만 환천단을 처리할 필요는 없잖아?

이런 건 당사자들끼리 해결하는 게 제일 좋지.

.

.

.

돌아다니는 사람을 찾아볼 수 없는 칠흑 같은 밤.

나는 서우 무사와 진유 무사를 데리고 청수 도사님이 쓰러져 있던 곳으로 향했다.

그 둘만 데리고 간 이유는 그 둘이 가장 강했기 때문이다.

빠르고 조용히 다녀와야 하니까.

"그러고 보니, 청수 도사님이 목숨을 구할 수 있었던 이유가 주군께서 주신 돈 때문이라고 들었습니다."

"네, 그랬다고 하더라고요."

모산파의 도사들은 주로 늦은 밤에 산길로 다니는 만큼, 전표를 쓰기가 어려웠다.

그래서 아무 데서나 쓸 수 있는 은자나 동문이 필요했고, 나는 주머니에 은자를 넣어 드렸다.

그걸 왼쪽 품에 넣고 있었던 덕분에 목숨을 잃지 않았다는 것.

"저는 제가 드린 돈이 아니라 도사님의 선업이 그 목숨을 살린 거라고 생각합니다."

내 말에 두 무사는 고개를 끄덕였다.

청수 도사님의 선업은 부인할 수 없는 것이었으니까.

곧 우리는 청수 도사님을 발견했던 곳에 도착했고, 흉수들의 흔적을 찾기 시작했다.

다섯 구나 되는 강시를 훔쳐서 이동했으니 아무 흔적도 남기지 않는 건 불가능할 터.

"여기, 발자국이 있습니다."

"나뭇가지가 부러져 있군요."

이런 경험이 풍부한 두 무사는 빠르게 흔적을 찾았고, 우리는 그 흔적을 따라갔다.

"저곳이군요."

계속 가다 보니 산채가 보였다.

녹림의 산채였던 것을 뺏어서 본거지로 쓰고 있는 듯했다.

곳곳에 모닥불이 타오르고 있고, 대충 만든 커다란 창

고가 있었다.

딸랑,

딸랑,

요령 소리와 함께 세 구의 강시들이 그 창고 안으로 이동하고 있었다.

그 모습에 나는 속으로 헛웃음을 지었다.

아무나 저 요령을 흔든다고 해서 강시를 이끌 수는 없다.

요령에 도력을 담아야 하는데, 아무렇게나 도력을 담는다고 되는 것도 아니다.

해당 문파에서 오랜 수련을 거쳐 무공을 배우듯, 모산파의 술법을 오랜 시간 수련해야 가능한 일이다.

즉, 지금 저 요령을 들고 있는 자는 환천단에 가담한 모산파의 도사라는 의미.

그때 그곳으로 누군가 다가왔다.

귀에 내공을 집중하자, 그들의 대화가 작게나마 들려왔다.

"이번에는 세 구군요. 그럼 지금까지…….."

"백세 구."

"이렇게 모아서 언제 대업을 이룰까요?"

답답해하는 목소리의 질문에 침착한 목소리가 답했다.

"어쩔 수 없네. 조급해하지 말고 천천히 해 나가야지."

"이럴 바에는 차라리 사람들을 데려와 죽여서 강시를

만드는 것이 더 빠르지 않을까요?"

그러자 짜증스러운 답변이 돌아왔다.

"나를 지쳐 죽게 할 셈인가? 강시 한 구 만드는데 도력이 얼마나 소모되는데. 차라리 이렇게 다른 도사들이 만든 강시를 뺏는 것이 더 빠르지."

"그렇군요. 하루 빨리 저희 단주님이 황제가 되셨으면 좋겠습니다."

그 대화에서 나는 저들이 왜 강시를 탈취했는지 알 것 같았다.

강시를 만들기 위해서는 엄청난 양의 도력이 소모되니, 많은 강시를 모으기 위해서 훔치고 있는 것.

그나저나 황제가 되면 좋겠다라······

혹시나 했지만, 역시 내가 알고 있는 그 환천단이 확실하다.

서우 무사가 굳은 얼굴로 속삭였다.

"주군, 이만하면 된 것 같습니다."

"그러죠."

우리는 조용히 산채에서 멀어져 마을 쪽으로 향했다.

거리가 멀어지자, 서우 무사는 마른세수를 하며 한숨을 내쉬었다.

"생각보다 심각한 일이었군요. 반역을 꾀하는 무리라니······."

진유 무사가 덧붙여 말했다.

"강시만이 아니라 무사들의 실력도 상당합니다. 수가

백여 명 정도 되는 듯한데, 절정 수준의 무사도 있는 것 같습니다."

"그걸 파악하셨다고요?"

내 물음에 진유 무사가 고개를 끄덕였다.

"네, 암살자로서 활동하기 위해 익힌 기술입니다. 보다 안전하게 암살하기 위해서는 주변 상황을 정확하게 살피는 게 중요하니까요."

"참으로 유용한 기술이네요."

"네. 덕분에 목숨을 구한 적도 여러 번이었습니다."

"저도 배울 수 있나요?"

"물론 가능합니다."

"나중에 알려 주세요."

아, 지금은 이게 중요한 게 아니지.

"그나저나, 아까 보았던 자들은 강시를 결코 좋은 의도로 사용할 것 같지는 않네요."

"네, 저렇게 백 단위 이상 모으고 있다는 것은 강시를 병사들처럼 쓰겠다는 것 같습니다."

"그래도 아직 많지는 않아서 다행이네요."

서우 무사가 물었다.

"주군께서는 어찌하실 생각이십니까?"

"모산파 도사의 청을 받으면 거절하지 않는 것이 관례라고 들었습니다."

"맞습니다. 하지만 꼭 거절하지 말아야 한다는 법은 없습니다. 그리고 청수 도사님께서도 상황을 이해해 주실 것입니다."

"그렇긴 하겠죠. 하지만 저들을 보고 그냥 지나친다면, 마음이 편할까요?"

"……."

진유 무사가 걱정스럽게 말했다.

"하지만 저희끼리 저 산채를 제압하는 것은 무리입니다."

"맞습니다. 오히려 저희가 당하겠죠."

나는 고개를 끄덕이며 말을 이었다.

"그런데 저희가 직접 검을 휘둘러야만 돕는 건 아니지 않을까요?"

그러자 두 무사가 의아한 표정으로 나를 보았다.

"아까 저들의 대화를 기억하실 겁니다. 그렇다면 답은 간단하죠."

"아……!"

그제야 두 무사는 내가 무슨 생각을 하는지 깨달은 듯 했다.

"이번 일은 꼭 저희가 해결해야 할 필요가 없습니다. 이걸 알려 드리는 것으로 충분하죠."

다시 마을로 돌아와서 객잔의 내 방으로 향했다.

그리고 곧바로 서신을 쓰고는 소매를 툭툭 건드렸다.

"금령아. 나와 봐."

"뀨이?"

"잡화점의 어르신께 서신을 전해야 하거든. 답장도 받

아와야 해."

"꾸이!"

금령의 꼬리에 서신을 매어 주자, 금령은 땅을 박차고 날아갔다.

이내 그 모습은 점이 되어 사라졌다.

빠르기는 진짜 빠르구나.

사실 황제에게 직접 서신을 전달하는 게 더 좋을 수도 있긴 했다.

하지만 금령의 존재를 아직 황제에게 보이고 싶지는 않았기에, 황제가 신뢰하는 잡화점 어르신의 힘을 빌리기로 한 것이다.

그리고 금령이를 보냈다가 괜히 오해받으면 곤란해질 테니까.

안 그래도 황제가 나를 탐내고 있다고 했지만 어쩔 수 없다.

아직 내가 이 지역의 문파들과 연이 없기도 하고, 무림맹의 주목을 받고 싶지도 않으니까.

그래서 당사자가 해결하도록 한 것이다.

그리고 아직 시간도 넉넉하니까.

* * *

황제는 늦은 밤까지 정무를 보면서 중얼거렸다.

"오늘도 일찍 자기는 글렀군. 좀 믿을 만하면서 현명하게 내 일을 도와줄 인재가 있으면 좋으련만……."

그는 잠시 의자에 등을 기대면서 눈을 감았다.

그러자, 문득 자신이 점찍어 놨던 인재 하나가 떠올랐다.

은서호.

이제 열아홉 살이 되었을 터.

'스무 살도 얼마 안 남았으니 내년에 데리고 와서 써먹을까?'

그렇게 고민하던 중.

탁.

위에서 한 무사가 아래로 내려서며 부복했다.

"폐하, 황보휘 어르신께서 보낸 급전입니다."

"줘 보게."

그 무사는 정중하게 서신을 내밀었고, 뒤에 서 있던 태감이 대신 그 서신을 받아 황제에게 내밀었다.

그 서신을 읽는 황제의 표정은 점점 굳어져 갔다.

서신을 서탁 위에 내려놓은 황제는 싸늘한 목소리로 태감에게 명령했다.

"귀찮은 일이 생겼군. 금의위 도독을 부르게."

* * *

아침 일찍 일어나 운기조식을 마무리하고 눈을 뜨자, 금령이가 나를 올려다보고 있었다.

그 꼬리에는 서신 하나가 매달려 있었고.

"벌써 다녀왔구나. 고생했어."

나는 금령이를 가볍게 쓰다듬고는 서신을 풀어 읽어 보았다.

내가 보낸 소식을 황제 폐하께 전달했으며, 아마 금의위를 소집해서 처리하실 것 같다는 내용이었다.

그리고 마지막 문장.

[모산파의 도사들에게도 지원을 요청하셨다는구나. 그나저나 사건이 너를 부르는 것이냐? 아니면 네가 사건을 부르는 것이냐?]

얼마 전 아버지에게서 들었던 말과 똑같은 말.

글쎄요. 저도 잘 모르겠습니다.

그리고 이틀 후,

검은색 피풍의를 입은 무사가 나를 찾아왔다.

"자네가 은해상단의 은서호 소단주인가?"

"예, 소상이 은서호입니다."

"황제 폐하께서 보내시는 서신이네."

그 말에 나는 즉시 그 자리에서 절을 했다.

"황제 폐하의 성지를 받듭니다."

그리고 고개를 들고 그에게 말했다.

"그런데, 소상이 정말 황제 폐하의 성지를 받들어도 되는 겁니까? 황제 폐하의 성지를 받게 되다니, 정말 자손 대대로 자랑해도 모자랄 겁니다."

그리고 감격의 눈물까지.

카!

내가 생각해도 완벽한 연기였다.

내가 이렇게 과하게 행동하는 것은, 상대의 눈빛이 좋아 보이지 않았기 때문이다.

상대는 금의위.

수상하다고 생각되면 황제의 허락 없이 감금하고 고문할 수 있는 이들이라는 거다.

그러자 그의 눈매가 조금 부드러워졌다.

"괜찮으니, 어서 받게나."

"네."

나는 조심스레 서신을 받아 그 자리에서 펼쳤다.

"……."

순간, 표정 관리에 실패할 뻔했다.

"제가 같이 가서 역도들의 위치를 알려 주라고 하셨습니다."

"그렇구먼. 얼른 가세나. 마을 바깥에 병력을 대기시켜 두었네."

물론 내용은 그게 전부가 아니다.

대체 잡화점의 어르신께서 황제에게 뭐라고 서신을 보내셨기에…….

때마침 모산파의 도사들이 도착했고, 곧 환천단 소탕 작전이 시작되었다.

"쳐라! 역도들이다!"

"으아아!"

"어, 어떻게 이렇게 빨리!"

"할 수 없지! 강시를!"

저들은 다급한 나머지 모아 놓았던 강시들을 전면에 내세웠다.

하지만 그걸 모산파의 도사들이 가만히 두고 보지 않았다.

딸랑, 딸랑, 딸랑,

요령 소리와 함께 축문을 외우자 강시들은 허물어지듯이 쓰러져 버렸다.

강시술을 해제한 것이다.

이전 삶에서는 산동과 북경 지역을 혼란스럽게 했던 반란이, 이번 생에서는 작은 소란으로 마무리되었다.

역시 독초가 새싹일 땐 두 손가락만 있으면 된다니까.

.

.

.

"시주의 도움으로 불쌍한 망자들의 시신을 되찾을 수 있었습니다."

청수 도사님은 나에게 포권하여 감사를 표하셨다.

"아닙니다. 모든 건 다른 모산파의 도사님들과 금의위

분들이 하셨습니다."

"그래도 해결의 시작은 시주님이라는 것을 알고 있습니다."

나는 뺨을 긁적였다.

"하여, 저희 모산파에서는 시주님을 은공으로 여기기로 했습니다. 혹, 저희 모산파의 도움이 필요하시다면 언제든지 도움을 청하십시오."

그러면서 나에게 나무로 만든 패를 하나 건넸다.

괜찮다고 했지만, 청수 도사님의 강권에 가까운 권유에 받을 수밖에 없었다.

그렇게 청수 도사님은 다른 모산파 도사들과 함께 강시술을 해제했던 시신을 다시 강시로 만들어 그 고향으로 되돌려 보내기로 하셨다.

이제 우리도 원래 하던 일을 하러 가야지.

팔갑이 나에게 다가와 물었다.

"도련님, 언제 출발하실 생각이십니까요?"

"이제 슬슬 가야지."

그때 금의위를 이끌고 토벌 작전을 수행했던 진영 무사가 다가왔다.

"고생했네."

"아닙니다. 소상이 무슨 고생을 했다고 그러십니까?"

"그런데, 황제 폐하께서 자네를 제법 아끼시는 것 같더군."

"네?"

"괜히 자네를 건드렸다가는 손목을 잘라 버리겠다고 하시더군."

"……."

"그래서 황제 폐하의 숨겨진 자식이라도 되나 싶었네."

설마, 나를 봤을 때 의심스러운 눈초리로 봤던 것이 그런 이유였던 건가?

괜히 과하게 연기를 했나?

아니, 그보다 황제 폐하.

저를 건드리면 손목을 잘라 버린다니요.

"하하하, 황제 폐하의 숨겨진 자식이라니요. 절대 아닙니다. 저는 그저 은해상단의 소단주일 뿐입니다."

"그래, 나 역시 그리 생각하네. 하지만 사실 그건 그거대로 큰일이지."

"네?"

"그만큼 황제 폐하의 마음에 쏙 들었다는 의미니까. 그리고 황제 폐하께서는 절대 자신이 찍은 인재는 놓치지 않으시지."

"……."

그때였다.

멀리서 황실을 상징하는 깃발을 꽂은 마차가 다가오는 게 보였다.

제길, 이렇게까지 하신다고?

아까 받은 서신에는 내가 북해에 가는 거 알고 있고,

나를 위해 마차를 보낼 테니 핑계 대지 말고 황궁으로 오라고 적혀 있었다.

그 마차를 본 진영 대협은 웃었다.

"이거, 내 생각보다 훨씬 많이 아끼시나 보군."

"……."

"조만간 황궁에서 함께 일하게 되겠어."

진영 대협의 말은 나를 놀리듯 가볍게 던진 말이겠지만, 내게는 악담과 다름없었다.

나는 북경에서 황제의 업무 노예가 될 생각이 없다.

은해상단을 천하제일 상단으로 만들고, 무림맹과 백천상단에 복수해야 한다.

이대로 순순히 황제에게 잡힐 순 없지.

하지만 황제가 보낸 마차를 타고 북경으로 가는 것은 어쩔 수 없었다.

"마차가 겁나게 좋습니다요."

팔갑의 말에 나는 고개를 끄덕였다.

다른 호위무사들은 말을 타고 내가 탄 마차를 따르고 있었다.

"그나저나 이번에 북경에 가면 그 아이들을 볼 수 있는 겁니까요?"

"아이들?"

"그 학당의 아이들 말입니다요."

"그야 당연히……."

순간 뇌리를 스치는 생각에 나도 모르게 미소가 지어졌다.

그래, 그 방법이 있었지?

.

.

.

우리가 탄 마차는 빠르게 북경에 도착했다.

원래는 이번에 황제 폐하를 알현할 생각이 없었기에 어르신에게 잘 얘기해 달라고 했었는데…….

이렇게 절차를 생략하고 빠르게 만나는 것은 힘들기 때문이다.

그런데 세상일 모른다더니, 딱 그 상황이었다.

"어서 오십시오."

황제를 지근거리에서 모시는 정 태감이 나를 직접 마중했다.

"태감께서 직접 맞아 주시니, 감사합니다."

내 인사에 정 태감은 옅게 미소 지으며 말했다.

"이쪽으로 오십시오. 황제 폐하께서 기다리고 계십니다."

나는 태감을 따라 황궁을 걸었다.

"어?"

"어어?"

그때 나는 뜻밖의 인물과 마주했다.

고모님의 아들, 선일 형님이다.

"선일 형님, 지금 퇴청하십니까?"

"오랜만이구나. 그나저나 아무 연락도 없이 황궁에는 어쩐 일이냐?"

선일 형님은 반가움과 의아함이 섞인 표정으로 내게 인사했다.

정 태감이 나를 대신해 대답해 주었다.

"황제 폐하의 부름을 받았습니다."

"아! 그렇습니까?"

"그래서 급하게 형님 댁에 전갈했습니다. 이따가 뵙도록 하겠습니다."

"그래, 이따가 보자."

그렇게 선일 형과 헤어져 길을 걷던 중, 정 태감이 내게 말했다.

"두 분이 고종사촌 지간이라고 들었습니다."

"네, 맞습니다."

"홍 수찬도 장원급제를 한 인재인데, 참으로 인복이 많은 집안이로군요."

"하하하."

그 말에 나는 그냥 웃었다.

내 입으로 나를 인재라고 하는 것이 쑥스러운 것이 아니라, 언행을 조심해야 했기 때문이다.

정 태감은 황제의 심복 중의 심복.

까딱하면 바로 황제의 업무 노예로 끌려갈 수 있다.

곧 우리는 황제의 집무실에 도착했다.

나는 얼른 옷매무새를 단정하게 했고, 정 태감이 안에

고했다.

"폐하. 은서호 소단주 도착했습니다."

"들라 하여라."

문이 열리고 나는 집무실 안으로 들어갔다.

"소상 은서호, 황제 폐하를 뵈옵니다. 만세 만세 만만세!"

나는 그 앞에 부복했고, 황제의 목소리가 들렸다.

"일어나도 좋다."

"성은이 망극하옵니다."

내가 조심스럽게 일어나자, 황제는 나를 빤히 바라보았다.

내가 뭐 잘못한 게 있나? 왜 저렇게 빤히 보시지?

그렇게 한참 나를 보던 황제가 입을 열었다.

"네가 고변한 이들은 환천단이라는 이들이었다. 짐의 자리를 찬탈하려는 반역자들이었지."

"조기에 진압할 수 있어서 다행이었습니다."

"그래. 그나저나 네 말대로 그들은 강시를 이용하려고 했다. 너는 그걸 어찌 알게 된 것이냐?"

"저도 우연히 알게 되었습니다. 여정 중에 모산파의 도사님을 만나게 되었고……."

나는 내게 있었던 일을 설명했다.

숨길 일은 아니었으니까.

"그래, 나도 그에 대해 들었다. 객지에서 죽은 이들의 시신이나마 고향 땅에 누울 수 있게 해 주는 이들이니 참

갸륵한 일이다."

황제는 말을 이었다.

"습격을 당한 도사의 청을 들어 주고자 흔적을 쫓았다가 저들을 발견했다는 것이군."

"그러하옵니다."

"그래, 어찌 보면 이번 일은 너답다고 할 수 있겠구나. 직접 처리하지 않고 내게 고변한 것을 보면 말이지."

내가 고개를 갸웃하자, 황제가 너털웃음을 지었다.

"자신에게 이득이 되지 않는 일은 하지 않으니까. 도사의 청을 거절하기는 힘들고, 그렇다고 무작정 저들에게 달려들자니 감당이 안 될 것 같고. 진퇴양난의 상황에서 다른 길을 찾은 거지. 아니 그런가?"

어떻게 아셨지?

역시 황제도 아무나 하는 것이 아니구나.

"아무튼 고맙구나. 저들이 계속 세력을 키웠다면 꽤나 골치 아팠을 뻔했다."

"황제 폐하의 은덕에 기대어 사는 소상으로서 당연히 해야 하는 일이었습니다."

"그래, 북해에 가는 길이라고?"

"네. 그렇습니다."

"보아하니, 상행으로 가는 건 아닌 듯한데?"

그의 말대로 이번 내 여정은 상행이 아닌, 사부님의 의뢰 때문.

하지만 그걸 황제에게 사실대로 밝힐 수는 없었다.

그러면 멸문한 설풍궁에 대해서도 이야기가 나오지 않을 수가 없으니까.

"현실에 안주해서는 훌륭한 상인이 될 수 없습니다."

"음, 그런가?"

다행히 황제는 내가 두루뭉술하게 둘러댄 이유에 납득한 듯했다.

"그건 그렇고, 이제 곧 스무 살이 된다고 알고 있다."

"그러하옵니다."

나는 고개를 숙이며 바짝 긴장했다.

이게 그가 나를 부른 본론임을 알아차렸기 때문이다.

"어떠냐? 스무 살이 되면 나를 도와 이 황궁에서 일하는 것은?"

나도 모르게 식은땀이 흘렀다.

말로는 부드러운 권유지만, 실제로는 명령이나 다름없다.

나는 조심스럽게 고개를 들어 물었다.

"황제 폐하. 소상이 폐하를 모시는 건 삼생의 영광이옵니다. 하여 이 소상이 감히 묻고 싶습니다. 소상을 어디에 쓰실 생각이시옵니까?"

"나는 너의 배포와 추진력, 그리고 그 손해 보지 않으려는 성격도 마음에 든다. 하여 너를 내각에 두고 쓰려고 한다."

내각은 황제의 비서 역할을 하는 곳으로, 각 부서 사이의 알력을 조율하거나 황제의 명을 각 부서에 전달하는 등의 역할을 했다.

사실 예상은 했다.

과거도 보지 않은 자를 두고 쓰기에는 그곳밖에는 없으니까.

하아, 내각…… 내각이란 말이지?

그 말은 즉, 황제에게 갈려 나가고, 각 부서 사이에서 갈려 나가는, 이가 갈리는 곳이라는 의미다.

물론 권력은 손에 넣겠지.

하지만 여기저기서 갈려 나가느라 백천상단과 무림맹에 대한 복수는 멀어질 터.

게다가 내 목표는 천하제일 상단을 만드는 것이지, 조정에 출사해 권력을 쥐는 것이 아니다.

그리고 그보다 중요한 건, 자유가 없다는 거다.

어딘가에 매여 있는 것은 내 성미에 맞지 않는다. 나는 자유롭게 오가며 내 뜻을 펼치고 싶다.

그래서 상단주도 되지 않겠다고 한 것인데.

나는 작게 숨을 들이마시고는 황제에게 말했다.

"폐하, 아뢰기 송구하오나, 저는 내각에 맞지 않는 인물입니다."

"응?"

"소상에게는 다른 일을 맡겨 주셨으면 합니다."

여기서 무작정 "소상은 부족하여 중한 소임을 맡을 수 없다."라고 할 수는 없다.

황제는 "너는 부족하지 않으니, 잔말 말고 일해라."라고 할 테니까.

"황제 폐하께서 높이 쳐 주셨던 저의 능력은 내각에서 빛을 발할 겁니다. 하지만 이미 저에게는 다른 이들이 볼 때 아주 번듯하고 훌륭한 직업이 있습니다."

"으음, 계속하라."

"은해상단의 소단주이자, 현풍국의 국주이며 또한 제 자랑 같지만 세간에서는 선협미랑이라 불리고 있습니다."

내 입으로 명호를 자칭하려니 민망하지만 어쩔 수 없다.

"황제 폐하의 뜻대로 일을 한다면, 이 아까운 것들을 버릴 수밖에 없습니다."

"확실히. 그건 그렇군. 다른 건 그렇다고 해도 명호라는 건 쉽게 얻을 수 없는 것이니."

"하여 저는 이것들을 버리지 않고 황제 폐하께 힘이 되어 드리고 싶사옵니다."

"……"

잠시 나를 피 말리게 하는 침묵이 흘렀다.

황제라면 내 제안을 받아들이는 것이 이득임을 알…….

"이 새끼가 지금 어디서 머리를 쓰는 것이더냐?"

갑자기 나온, 황제와 묘하게 어울리는 거친 말에 나는 고개를 들어 그를 보았다.

"그러니까, 내 옆에서 뼛골 빠지게 고생은 하기 싫지만 내 후광은 계속해서 등에 업고 싶다는 거 아니냐?"

아, 들켰다.

"하지만, 네 말이 틀리지 않으니 괜씸하단 말이지."

"……."

"좋다. 내 너에게 정칠품 감찰어사의 직을 맡기도록 하지. 앞으로 너는 내 눈과 귀의 역할을 충실히 행해야 할 것이다. 그러지 않는다면……."

황제는 손가락으로 바닥을 가리키며 말했다.

"황궁에 뼈를 묻게 해 줄 테니까."

황제는 제대로 협박할 줄 아는 사람이다. 황궁에 뼈를 묻을 정도로 빡세게 일을 시킨다는 저 말은 내가 가장 두려워하는 말이었으니까.

"그런데 문제는 네가 미꾸라지처럼 빠져나가면 이 황궁에서 일을 시킬 자들이 없다는 건데 말이지."

나는 얼른 황제에게 말했다.

"너무 조급하게 생각하지 않으셔도 된다고 생각하옵니다. 이제 곧 행화학당에서 인재들이 배출될 것이기 때문이옵니다."

"아! 그러고 보니 그곳이 있었군. 그래서 행화학당의 녀석들은 어떠하냐? 이번에 몇 명이나 과거에 급제할 것 같으냐?"

"졸업반의 반절 이상은 급제할 것이옵니다."

"반절 이상이나?"

"물론이옵니다, 폐하. 그곳의 스승 대부분이 황제 폐하께서 친히 불러 주신 대학사들이옵니다."

"아! 그랬지! 일하기 싫어 뺀질거리는 자들을 행화학당에 끌고 왔었지."

황제는 흡족한 표정을 지었다.

"이거, 기대되는구나. 네가 소단주로 있는 은해상단에서 세운 학당이니만큼 헛똑똑이를 배출하지 않을 터이니 말이지."

"물…… 론이옵니다."

"이왕이면 산술도 좀 잘했으면 한다. 기초적인 산술도 틀리는 새끼들이 왜 이리 많은지."

"……유념하겠습니다."

당장 행화학당 산술 스승을 보강해야겠다.

어찌 보면 나 대신 행화학당의 이들을 넘겨주는 것처럼 보이겠지만, 어차피 행화학당에 다니는 이들의 목표는 과거에 급제하여 조정에 출사하는 것이다.

나로 인해 황제가 쪼끔 더 관심을 가지게 되겠지만.

미안하다. 하지만 나도 해야 할 일이 많다.

* * *

은서호를 황궁 밖에까지 바래다준 정 태감이 돌아와 황제에게 고했다.

"은서호 소단주를 배웅하고 왔습니다."

"그래, 친척의 집에 머문다더냐?"

"그러하옵니다."

정 태감의 대답에 황제는 피식 웃으며 말했다.

"거, 생각할수록 맹랑한 녀석이란 말이지."

그 말에 정 태감이 조심스레 말했다.

"은서호 소단주가 마음에 드시는 모양입니다."

"참으로 당돌하지 않은가?"

황제는 대답하지 않았지만, 정 태감은 황제가 은서호를 무척이나 마음에 들어 함을 알아차렸다.

"그렇게 마음에 드신다면, 아예 부마로 삼으심이 어떠하십니까?"

정 태감의 말에 황제의 표정이 싹 바뀌었다.

"내가 미쳤나? 그 녀석을 왜 부마로 삼는다는 말이냐?"

"……."

"부마로 삼으면 감찰어사로는 써먹지 못하니, 이 황궁에 두고 써먹어야겠지. 그러면 집에 잘 못 들어가니 공주가 나를 찾아와서 이러다가 대가 끊길까 무섭다고 징징거리겠지. 그러면 나는 어쩔 수 없이 집에 일찍 보내야 하고 그러면 내가 부마로 삼은 의미가 사라지지 않겠나?"

"그, 그러하옵니다. 소인의 생각이 짧았습니다."

"정 태감이 충심에서 한 말이라는 것을 아네."

"성은이 망극하옵니다."

황제는 정 태감에게서 고개를 돌려 고민에 잠겼다.

'북해라…… 적당한 것이 있는지 창고에 가 봐야겠군.'

* * *

황궁 문을 나서자, 팔갑과 호위들이 반가운 얼굴로 내

게 다가왔다.

"무사히 나오셔서 다행입니다요."

팔갑의 말에 내가 피식 웃으며 답했다.

"내가 뭐 잘못되기라고 할까 봐?"

"원래 그 일이라는 것이 까딱하다가는 본인이 잘못되는 줄타기 같은 거 아닙니까요?"

팔갑의 말대로 역모를 고변한다는 것은 좀 그런 게 없지 않았다.

"그렇긴 하지만, 내가 줄은 기가 막히게 잘 타거든."

내 말에 팔갑은 할 말이 많다는 표정으로 나를 보았다.

서우 무사가 미소 지으며 말했다.

"그럼, 연준상단으로 가시겠습니까?"

"네."

우리가 연준상단에 도착하자, 고모님이 나와서 우리를 반갑게 맞아 주셨다.

"반갑구나. 잘 지냈니?"

"네. 고모님도 잘 지내셨습니까?"

"나야 언제나 잘 지내고 있지. 아까 선일이가 그러더구나. 황궁에서 만났다고."

"네. 일이 있었습니다. 자세한 건 들어가서 말씀드리겠습니다."

"그래."

잠시 후, 나는 고모에게 자초지종을 설명했다.

"그래서 황제 폐하의 부름을 받았다는 거구나?"

"네."

"별다른 말은 없었고?"

"고맙다는 말씀을 들었습니다."

내 대답에 그제야 고모님의 얼굴이 밝아지셨다. 그 말을 들은 이상 별다른 문제가 생기지 않을 것이니까.

고모님은 북경에서 살고 아들을 조정에 출사시켰으니, 이런 일에 걱정하실 수밖에 없을 터.

그 마음이 고마웠다.

.

.

.

다음 날, 팔갑이 나를 불렀다.

"도련님, 도련님을 찾아온 손님이 계십니다요."

"손님?"

나를 찾아올 손님이 있나?

나는 자리에서 일어나 손님이 기다리고 있다는 접빈실로 향했다.

"아!"

손님은 낯이 익으면서도 반갑지는 않은 이였다.

이번에 환천단을 처리하러 왔던 금의위의 진영 대협.

"소상이, 대협을 뵙습니다."

"황제 폐하의 성지를 받들어 왔네."

그 말에 나는 얼른 그 앞에 부복했다. 무엇을 위한 성지인지 알 것 같았기 때문이다.

그는 조용히 품에서 두루마리와 신분패를 꺼내 내밀었다.

보통 이런 성지를 내리는 일은 좀 거창하게 하는 편이지만, 내가 받은 직책이 직책이니만큼 남들이 알아서 좋을 건 없을 테니까.

"성은이 망극하옵니다."

나는 성지에 예를 표하고, 받아서 품에 넣은 뒤 그에게 말했다.

"차를 내어 드리겠습니다."

"그러지. 이렇게 온 김에 한잔하고 가겠네."

손님으로 방문했는데 차도 한 잔 마시지 않고 곧바로 돌아가면 이상하게 보는 사람이 있을 수 있으니까.

그렇게 우리는 별 중요하지 않은 잡담을 나누며 시간을 끌었다.

한 식경 정도 이야기를 나누었을 때, 진영 대협은 옷소매에서 작은 상자를 꺼내 내밀었다.

"받게나. 그분께서 주는 선물이네."

"네?"

"이것과 함께 전하라는 말씀이 있었네. '이건 너에게 유용하게 쓰일 것이니라, 이걸 쓸 때마다 짐의 충실한 신하임을 기억해라.'라고 하시더군."

"……."

후, 정말 집요하시군.

39장. 복운

복윤

서서히 차가워지는 바람.

우리가 북해빙궁에 가까워지고 있다는 의미다.

"저 앞에 있는 객잔에서 머물면서 필요한 물자를 보충하면 될 듯합니다."

진유 무사의 말에 우리는 고개를 끄덕였다.

북경까지는 서우 무사가 이끌었다면, 요녕에서부터는 진유 무사가 이끄는 형국이 되었다.

북경 위쪽으로 와 본 것이 진유 무사뿐이기 때문이다.

물론 이전 삶에서 요녕까지는 나도 와 봤지만, 여기서 그걸 드러낼 순 없으니까.

진유 무사가 말을 이었다.

"이곳이 가장 번화한 곳이기에, 적당한 가격에 필요한 물자를 채울 수 있을 겁니다."

곧 우리는 진유 무사가 말한 객잔에 도착했다.

"오메! 객잔이 왜 이렇게 큽니까요?"

팔갑의 말에 나는 피식 웃었다. 진유 무사를 제외한 세 무사 역시 놀란 표정이었다.

그도 그럴 것이 객잔이 무척이나 컸기 때문이다.

거대한 오 층짜리 누각은 마치 얼마 전에 들렀던 문주성 공자와 파두파파 연가화 여협 부부가 지은 여춘객잔을 보는 듯했다.

"요녕이 변방으로 치부되기는 하지만, 특산물도 다양하고 동북에서는 가장 번화한 곳이니까."

"그렇습니까요?"

"그래. 인삼이나 녹용 같은 약재가 가장 유명하고, 옥으로 만든 공예품이나 말 같은 것도 유명하지."

진유 무사가 작게 감탄했다.

"역시 주군이십니다. 이런 곳에 대해서도 잘 아시는군요."

"네, 아직 와 보지는 않았지만 들은 건 좀 있죠."

내 지난 삶에서 우리 은해상단이 요녕에 진출한 건 한참 뒤의 일이다.

이곳 역시 변방 지역이다 보니, 기존에 자리 잡은 상인들이 인삼이나 녹용 등의 약재를 독점 판매했기 때문이다.

그래서 우리가 천하 십대 상단이 된 이후에야 이곳에 직접 지부를 내고 진출할 수 있었다.

우리는 말에서 내려 객잔으로 향했다.

그러자 안에서 점소이가 나와 우리를 맞이해 주었다.

"어서 오십시오. 몇 분이십니까?"

"여섯 명입니다."

"말은 제게 주시고 안으로 들어가시면 됩니다."

점소이에게 말고삐를 넘기고 들어가려던 때 갑작스러운 소란이 벌어졌다.

"도련님! 고삐를 놓으시면 안 됩니다!"

나에게 한 말은 아니었다.

애초에 팔갑의 목소리도 아니었으니까.

히이잉!

흥분한 말이 날뛰는 소리와 사람들이 다급한 외침 등등이 들려와 고개를 돌려보았다.

내 또래로 보이는 한 청년이 날뛰는 말에 올라탄 채 당황하여 어쩔 줄 몰라 하고 있었다.

"지, 진정해! 진정하라고!"

히이이잉!

하지만 말은 진정할 생각을 하지 않았고, 내가 있는 곳으로 달려왔다.

"조심하십시오!"

나는 몸을 피하려다가 멈칫했다.

내가 그냥 피하면 저 청년은 말에서 떨어져 크게 다칠 터, 자칫하면 죽을 수도 있다.

그때였다.

"꾸잇!"

언제 내 소매에서 나왔는지, 금령이 내 어깨 위에 올라서서 말을 꾸짖었다.

금령이 낸 소리는 '꾸잇!' 뿐이었지만, 내 귀에는 마치 꾸짖는 것처럼 들렸으니까.

그 순간,

"……."

날뛰던 말은 진정하기 시작했다. 그 순간 나는 말의 눈을 보았다.

무언가 대단한 존재를 본 듯, 겁에 질린 눈빛.

어쨌든 진정해서 다행이다.

금령은 조용히 내 소매 안으로 다시 들어갔고, 나는 말에게 다가가 부드럽게 쓰다듬었다.

"진정해야지. 주인이 다칠 뻔했잖니?"

푸르륵…….

내가 일부러 말에게 다가가 말을 건 것은, 사람들이 이를 의아하게 여길 것 같아서였다.

나를 향해 달려오다가 갑자기 멈춰서 진정했으니까.

금령은 영물이기에 되도록 사람들에 눈에 띄어서 좋을 게 없다.

그런데 묘하게 말이 나를 무서워하는 것 같은데?

나는 고개를 들어 말에 올라타 있는 청년에게 물었다.

"괜찮으십니까?"

"아, 네."

"조심해서 내려오십시오."

청년은 다른 이들의 도움을 받아 말에서 내려왔다.

"정말 감사합니다."

"저희 도련님을 도와주셔서 감사합니다."

그리고 그사이 물을 마시고 마음을 진정시킨 듯, 청년이 내게 다가와 정중히 포권하며 인사했다.

"도와주셔서 감사합니다. 저는 광준상단(廣儁商團)의 소단주 복윤(卜潤)이라고 합니다."

광준상단이라면 나도 알고 있는 곳이다.

말을 취급하는 상단이었으니까.

이곳 요녕은 유목 민족들과 접해 있는 지역이기에 말이 풍부했다.

그들과 좋은 관계를 유지하며 질 좋은 말을 중원에 공급하며 천하 백대 상단의 자리에 오른 것이다.

그러고 보니 지난 백대 상단의 회합 때, 광준상단의 상단주를 본 적이 있다.

하지만 문득 이상한 생각이 들었다.

지난 삶에서 광준상단의 상단주는 눈앞의 복윤이라는 자가 아니라, 복영(卜迎)이라는 자였는데?

하지만 일단 그런 상념을 지우고 마주 포권하며 인사했다.

"아, 은해상단의 소단주 은서호라고 합니다."

내가 북해에 가는 건 딱히 비밀은 아니었으니까. 그 이유가 비밀이지.

내 소개에 그는 놀란 눈으로 물었다.

"그, 선협미랑 공이시군요."

윽, 여기까지 그 명호가 퍼지다니!

"과분한 이름입니다."

"아닙니다. 오늘 몸을 날려 저를 도와주신 것만 해도 왜 은 소단주께 그런 이름이 붙었는지 알 수 있었습니다."

그때 점소이가 우리에게 방이 준비되었음을 알려 주었다.

"그럼 조심히 들어가시고, 푹 쉬십시오."

"감사합니다."

우리는 점소이를 따라 객잔 안으로 들어갔다.

그사이 말을 자세히 살폈는지, 복윤 소단주와 함께 왔던 이들이 웅성거리기 시작했다.

"여기, 말의 앞다리에 침이 박혀 있었습니다."

"이것 때문에 말이 흥분했었군요!"

"대체 누가 이런 짓을!"

그때 진유 무사가 나에게 전음을 보냈다.

— 말의 앞다리에 박힌 침, 살수의 솜씨로 보입니다.

— 살수요?

— 네. 사고사로 위장하려고 한 듯한데, 생각보다 실력이 뛰어난 듯합니다.

그제야 내 이전 삶에서 왜 광준상단의 상단주가 다른 사람이었는지 알 것 같았다.

이렇게 사고를 가장한 암살을 당한 거였군.

그리고 지난 삶에서 복영 상단주를 봤을 때 광준상단은 백대 상단의 자리에서 밀려난 뒤였다.

그는 상재가 없는 것까지는 아니었지만, 평범한 수준이었으니까.

그렇다면 광준상단을 견제 혹은 시기하는 자들의 짓이겠군.

나는 진유 무사에게 물었다.

– 혹시 누가 살수인지 알 것 같나요?

– 의심 가는 이들이 몇몇 보이지만, 확실히는 모르겠습니다.

– 은밀하게 따로 살펴봐 주세요.

– 알겠습니다. 혹시 이를 막을 생각이십니까?

– 막을 수 있으면 막아야죠.

내 말에 진유 무사는 감동한 표정을 지었다.

내가 살수의 살행을 막으려 하는 건, 물론 내 눈앞에서 사람이 죽는 것을 보고 싶지 않기 때문이다.

살릴 수 있다면 살려야지.

하지만 무작정 좋은 마음으로 살행을 막겠다는 것이 아니기에 나는 쓴웃음을 지었다.

우리가 객잔에 있는 사이 복윤 소단주가 죽는다면, 그 사건에 대해 조사를 받아야 해서 이곳에 발이 묶이고 말터.

안 그래도 지체된 일정이 더 지체될 것이기 때문이다.

그리고 이번에 복윤 소단주를 도와주면, 나중에 나도 도움을 받을 수 있겠지.

계산적이기는 하지만 어쩔 수 없다.

상인으로서의 본능이기도 하고, 위험을 무릅쓰고 도와주는 것이니까.

나는 진유 무사에게 전음을 보냈다.

- 저는 그렇게 좋은 사람이 아닙니다.

- 아닙니다. 저를 구해 주신 것과 제가 보아 온 주군의 행적을 종합적으로 판단했을 때 주군께서는 좋은 분이십니다.

- 그리 말해 주니, 고맙네요.

그때 팔갑이 물었다.

"그런데, 도련님."

"왜?"

"아까 그 말은 어떻게 진정시키신 겁니까요?"

그 말에 다른 무사들도 궁금하다는 표정으로 나를 보았다.

나는 어색하게 웃으며 대답했다.

"내가 아니라, 금령이 한 거야."

"네?"

"금령이 뭐라고 한마디 하니까, 갑자기 얌전해지더라고."

"그렇다고 하기에는 말이 주군을 두려워하는 것처럼 보였습니다."

서우 무사의 말에 나는 뺨을 긁적였다.

"그러게 말입니다. 저 그렇게 무서운 사람 아닌데."

내 말에 팔갑이 나를 빤히 바라보았다.

"왜?"

"아무것도 아닙니다요."

.

.

.

방을 안내받은 우리는 객잔에서 점심을 먹은 후 저자로 나갔다.

요녕에서 가장 번화한 곳이니만큼, 우리가 필요한 물건을 저렴한 가격에 살 수 있었기 때문이다.

"우선, 육포를 사야겠죠?"

"예, 그리고 물을 담을 수 있는 가죽 부대도 사야 합니다."

진유 무사가 말을 이었다.

"이 북쪽으로는 생각보다 물이 많이 귀합니다. 하여 물을 구할 수 있을 때 최대한 많이 담아서 가지고 다녀야 합니다. 물론 쓸 때도 아껴 써야 하고요."

보통 이런 준비를 할 때 나는 쉬거나 다른 일을 하는 편이지만, 여기서는 나도 따라나섰다.

낯선 곳이니만큼 내가 나서야 할 일이 있을 수도 있기 때문이다.

그러던 중, 낯익은 얼굴과 마주쳤다.

"아! 또 뵙는군요. 은 소단주님."

"복 소단주님."

광준상단의 복윤 소단주다.

"여기 장시에는 어쩐 일이십니까?"

"이제 좀 긴 여정을 떠나야 해서 육포와 물주머니 같은 것을 사러 나왔습니다."

"그거라면 제가 도와드리지요. 그런 것을 구하기에 아주 좋은 곳을 알거든요."

그는 연신 미소를 지으며 나를 도와주겠다고 나섰다.

"저를 따라오십시오."

그가 안내해 준 곳은 상행에 필요한 물품을 전문적으로 파는 곳이었다.

"이곳에서라면 필요한 것들을 대부분 사실 수 있을 겁니다."

"이런 곳이 있었군요."

사실 이곳은 나도 알고 있는 곳이고, 나는 일행을 이쪽으로 이끌려고 했다.

이곳 요녕은 그 지리적 위치 때문에 장거리를 오가는 이들이 제법 많지만, 그 인원이 많은 편은 아니었다.

그 말은 필요한 물자를 자체적으로 준비해야 한다는 의미.

하지만 그 물자들은 종류도 다양했고, 생각보다 민간에서는 쓸 데가 많지 않아서 구하기가 쉽지 않았다.

그때 한 상인이 묘안을 떠올렸다.

장거리 상행이나 여행에 필요한 것들을 전문으로 팔면 어떨까 하는 생각.

　그 결과는 대박이었고, 이곳은 명실상부한 요녕 최대의 장거리 상행 물품 판매처가 되었다.

　하지만 나는 이곳에 처음 오는 것이니, 잘 알면 이상하게 보일 수 있다.

　그래서 처음 본 것처럼 감탄했고, 복윤 소단주는 웃으며 안쪽을 가리켰다.

　"들어가시지요."

　그는 우리를 이끌었고, 문 옆에서 수레를 가지고 대기하고 있던 남자에게 동문 하나를 내밀었다.

　"가세나."

　"네. 손님."

　복윤은 우리에게 설명해 주었다.

　"여기는 대량으로 물품을 사야 하기에 사람이 들고 나를 수가 없습니다. 하여 이렇게 수레꾼들이 수레를 끌고 따라다니는 겁니다. 물론 물품을 직접 실어 주기도 하지요."

　"혹시 배달도 됩니까?"

　서우 무사의 물음에 그는 고개를 끄덕였다.

　"돈만 주면 가능합니다."

　내 이전 삶에서 이것을 보고 호북성 쪽에도 적용할까 고민했지만, 이내 포기했다.

　이건 이 지역의 특이성 때문에 생긴 것이었으니까.

우리는 육포와 튼튼한 가죽 물주머니 등등의 물자들을 수레에 가득 실었다.

그리고 그것을 계산하려 하자, 복윤 소단주가 끼어들었다.

"이 물품들은 제가 사 드리겠습니다."

"아닙니다. 괜찮습니다."

"제가 감사해서 사 드리는 겁니다."

실랑이 끝에 결국 복윤 소단주가 계산을 했다.

나는 가볍게 웃고는 수레꾼에게 객잔의 위치를 알려 주고 삯을 지불했다.

"배달 부탁드립니다."

"알겠습니다."

그러고는 복윤 소단주에게 말했다.

"오늘 점심은 제가 사 드리겠습니다."

"괜찮습니다."

"아무리 제가 말을 진정시켜서 복 소단주님을 구했다고 하지만, 그래도 제가 한 일에 비해서 과분한 대가를 받았습니다. 밥이라도 한 끼 사 드리지 않으면 제가 괴로울 겁니다."

내 말에 복윤 소단주는 고개를 끄덕였다.

"그렇다면, 알겠습니다."

우리는 인근 주루로 향했다.

주루가 보통 술을 마시는 곳이지만, 낮에는 식사도 많이 하니까.

그곳으로 이동할 때 진유 무사가 전음을 보냈다.

- 수상한 이들이 보입니다.

- 계속 주시해 주세요.

- 네.

곧 주루 앞에 당도했고, 복윤 소단주가 놀란 표정을 지었다.

"이곳은 제법 비싼 곳입니다만?"

"괜찮습니다."

나는 그의 등을 살짝 밀며 안으로 들어갔다.

- 살수가 여기는 들어오지 못합니다.

- 그렇군요.

- 혹시 노리신 겁니까?

진유 무사의 말에 나는 속으로 피식 웃었다.

이곳이 비싼 주루라는 것을 알고 온 거다.

이런 비싼 주루는 기본적으로 경비가 잘 되어 있다.

그리고 살수가 이 정도로 비싼 음식을 시키기도 쉽지 않을 테고.

차라리 다음 기회를 노릴 터였다.

밥 먹을 때만큼은 편하게 먹어야지.

"저 자리가 좋겠군요."

나는 외부에서 살수가 볼 수 없는 곳으로 자리를 잡았다.

우리가 자리에 앉자, 복윤 소단주가 목소리를 낮춰 말했다.

"은 소단주도 눈치챘나 보군요."

"네?"

"저를 노리는 살수가 있다는 것을 말입니다."

나는 시치미를 떼며 물었다.

"살수라니요? 그게 무슨 말씀이십니까?"

그는 난감한 표정을 지으며 말했다.

"아까 저를 암살하려던 정황이 있었습니다. 저를 태운 채 날뛰던 말의 다리에 침이 박혀 있더군요."

"역시! 말을 전문적으로 다루는 상단에서 고작 말 하나 못 다뤄서 그런 일이 일어나는 건 말이 안 된다고 생각했는데, 이유가 있었군요."

복윤 소단주는 무겁게 고개를 끄덕였다.

그 얼굴에는 상단에 대한 자부심과 이번 암살에 대한 걱정이 섞여 있었다.

"그런데 사고가 아니라 암살이라고 생각하시는 것을 보면 이미 그런 시도가 있었던 겁니까?"

"있었지요."

"그런데도 이렇게 상행을 계속하시는 겁니까?"

"살수의 살행이 두려워 상단에만 갇혀 있으면 어찌 이 요녕 제일의 상단을 만들 수 있겠습니까?"

그리 말하는 복윤 소단주에게서는 곧고 당당한 기상이 느껴졌다.

하지만 안타깝게도 그 살행은 성공했던 거다.

내 지난 삶에서 복윤이 아닌 복영이라는 자가 상단주가

된 것을 보면 말이지.

그때부터 요녕의 상계가 흔들리기 시작했고, 그 틈을 타 급성장한 상단들이 몇 있었다.

그들은 말뿐만 아니라 인삼과 녹용 등의 약재를 독점해 폭리를 취했고, 그 탓에 은해상단 역시 적잖은 손해를 봤다.

차후 이곳에 겨우 지부를 세우는 식으로 해결했지만, 이번에도 그렇게 할 생각은 없다.

지부를 세우는 데 돈이 좀 많이 들어야지.

"그런데, 정말 제게 살수가 붙어 있음을 모르셨습니까?"

"몰랐습니다."

"굳이 외부에서 보이지 않는 곳에 자리를 잡으셔서 눈치를 채셨나 했습니다."

"아닙니다. 그저 제가 다른 사람의 시선을 받는 것을 썩 좋아하지 않아서요."

"그러시군요."

사실은 그의 추측이 맞았지만, 그 과정이나 이유를 설명하기가 어려웠기에 시치미를 뗀 것.

우리는 주문한 음식들이 나오는 것을 기다리면서 이런 저런 이야기를 주고받았다.

"아, 그러고 보니 아까 날뛰던 말을 어떻게 진정시킬 수 있으셨던 겁니까?"

예상했던 질문.

말을 전문적으로 다루는 상단 사람도 진정시키지 못했던 말을 내가 진정시킨 것이니까.

물론 뭐라고 대답할지 생각해 놨다.

"사실 그건, 저희 가문의 비기입니다. 함부로 타인에게 알려드리지 못함을 양해해 주십시오."

"그렇다면 할 수 없지요. 저는 저를 구해 주신 분께 보따리까지 내놓으라고 할 정도로 야박하지 않습니다."

우리는 대화를 이어 갔다.

나는 복윤 소단주가 시야가 넓고 현명한 인물이라는 것을 알 수 있었다.

아무리 별것 아닌 이야기라고 해도, 그것만으로도 사람의 심성이나 배포를 알 수 있으니까.

덕분에 즐거운 대화를 나눌 수 있었다.

솔직히 동년배 중에 이렇게 대화가 잘 통하는 상대는 처음이었다.

"그런데, 은 소단주의 연치가 어떻게 됩니까?"

"저는 올해 열아홉입니다. 생일이 십일월이니 곧 스무살이 됩니다."

"오!"

복윤 소단주가 감탄했다.

"어쩜 이런 우연이! 나 역시 십일월 생일인 열아홉 살이오."

"혹시 생일이……."

월뿐만 아니라 날짜도 같았다.

그러니까 동갑, 그것도 찐 동갑이라는 것.

그 사실에 나는 더욱 반가웠다.

"주문하신 음식 나왔습니다."

점소이들이 음식들을 식탁 위에 올려놓고 물러났다.

"실례하겠습니다. 제가 먼저 먹어 보는 것에 대해 양해 부탁드립니다."

복윤 소단주의 시종이 나서서 양해를 구했고, 은으로 만든 젓가락으로 음식을 하나하나 조금씩 먹어 보았다.

음식에 독이 있는지 살피는 것.

속으로 그 시종의 충심에 감탄했다.

기미라는 건, 목숨을 걸고 하는 것이었으니까.

손도 떨리지 않는 그 모습을 보니 복윤 소단주를 향한 충심이 두려움을 이긴 듯했다.

잠깐, 충심이 두려움을 이긴다고?

그런 사람이 있긴 해도, 죽음을 이기는 충심이라는 건 생각보다 별로 없다.

손이 떨리고, 다리가 떨리지만, 주군을 위해 죽음 앞에서도 물러서지 않는 충심은 있어도.

죽음을 두려워하는 건 본능인데, 그 본능을 어떻게 이기겠는가?

내가 그걸 어떻게 아냐고?

내 이전 삶에서, 팔갑이 그렇게 죽었으니까.

그렇기에 그의 모습을 자세히 살펴보게 되었다.

어? 뭔가 이상한데?

손이 떨리지는 않아도, 음식을 먹는 그 순간은 자신도 모르게 표정 관리가 안 된다.

특히나 뜨거운 음식을 먹을 땐 더 그러했다.

하여 상대방의 의중을 알아낼 때 일부러 아주 뜨거운 차를 대접하는 거다.

혀를 데이지 않게 마시느라 순간적으로 진실된 표정이 나오기 마련이니까.

그런데, 독이 들어 있을지도 모르는 음식을 먹으면서…… 웃는다고?

갑자기 등줄기에 싸늘함이 느껴졌고, 진유 무사의 전음이 들려왔다.

- 주군! 조심하십시오! 저자에게서 살수의 기운이 느껴집니다.

내 예감이 틀리지 않았다.

살기를 감춘 살수라니!

내 이전 삶에서 복윤 소단주가 죽은 이유를 알 것 같았다.

자신을 위해 기미까지 보는 시종이니까 굳게 신뢰한 거겠지.

결국, 믿던 도끼에 발등 찍혀 죽은 거군.

그렇다면 내가 해야 할 일은 간단하지.

복윤 소단주의 목숨을 구해 주었을 때 내가 얻을 이득에 대한 계산도 있었지만, 솔직히 나와 이렇게까지 말이 잘 통하는 녀석은 처음이었다.

친우…… 인가?

주변에 좋은 사람들이 많기는 했지만, 상단의 자제들 중에 친우라고 할 만한 사람들은 없었다.

나와 뜻이 통하지 않았고, 말도 잘 통하지 않았으니까.

이 사람을 살린다면, 분명 광준상단은 지금보다 더 크고 높이 올라갈 것이다.

좋은 친우이자, 좋은 경쟁자.

그런 사람이 죽는 것을 두고 볼 수는 없지.

그리고 이 일은 나를 위해서기도 했다.

살수라 확신되는 자가 기미를 보면서 웃는 이유가 무엇이겠는가?

뭔가 노리는 게 있다는 뜻.

이를테면, 내가 식사를 대접하겠다고 한 것을 빌미로 나를 범인으로 몰려고 한다든가.

음식에 넣는 독 중에서는 은에 반응하지 않는 독도 있으니까.

아마도 저 시종은 오늘, 독살을 시행할 생각이 없었을 거다.

하지만 상황이 이렇게 되자 기회라고 생각했겠지.

그렇다면 내가 먼저 선수를 쳐야겠지.

나는 서우 무사에게 전음을 보냈다.

- 저 음식에 독이 있습니다. 그러니 드시면 안 됩니다.

- 예, 진유 무사에게 들었습니다.

진유 무사가 서우 무사에게 사정을 설명해 둔 듯했다.

주변에 살수가 있는 상황이니만큼, 사전에 사정을 설명해야 기민하게 대처할 수 있을 테니까.

– 그리고 제가 연기를 좀 할 겁니다.

– 연기라고 하시면?

– 보시면 압니다.

좀 미안하지만, 미리 알려 주면 어색할 테니까.

그때, 시종이 젓가락을 내려놓으며 말했다.

"이상 없습니다. 이제 드셔도 됩니다."

"맛있겠네요."

나는 재빨리 젓가락을 들어 음식을 먹으려고 했지만 시종에게 제지당했다.

"죄송합니다만, 소단주님. 이 음식이 뜨거우니, 좀 식혀 드시는 편이 좋겠습니다."

내가 먹으려던 참에 이런 말을 하는 것을 보면, 확실했다.

젠장!

내가 먼저 먹는 척하다가 중독되어 쓰러진 척 연기하려고 했는데.

"도련님께서는 지금 드셔도 됩니다. 워낙 뜨거운 음식을 잘 드시니까요."

"아, 그래? 그럼 저 먼저 먹겠습니다."

복윤 소단주가 웃으며 그 음식을 떠서 입에 넣으려 했다.

제길, 그 안에 독이 있는 것 같은데.

이런 상황이라면 내가 만류를 해도, 만류를 하지 않아도 범인으로 몰릴 확률이 높다.

그렇다면…….

나는 번뜩 떠오른 묘안을 그대로 실행했다.

"금령! 팔갑에게 몸통 박치기!"

작게 속삭이는 내 지시에 금령은 재빨리 소매에서 튀어나가 식탁 아래로 팔갑의 배에 몸통을 부딪혔다.

"컥─!"

그 바람에 내 맞은편에서 식사를 하려던 팔갑은 음식을 입에 넣기 직전에 젓가락을 놓치며 신음을 토했다.

그 모습이 마치 독에 당한 듯 보였고, 나는 속으로 회심의 미소를 지으며 팔갑에게 달려갔다.

당연히 갑작스러운 상황에 복윤 소단주는 먹으려던 젓가락을 내려놓았다.

"팔갑! 괜찮아? 왜 그래?"

"그, 금…….'

"뭐? 극독이라고?"

"그, 그…….'

금령의 몸통 박치기가 워낙 강렬했던지, 말이 잘 나오지 않는 듯했다.

팔갑은 엎어진 찻잔의 찻물로 범인은 금령이라고 썼지만, 나는 그걸 슥슥 지우며 말했다.

"복윤 소단주님. 아무래도 제 시종이 독을 먹은 것 같습니다."

．
．
．

십육 호는 이게 대체 무슨 상황인지 이해되지 않았다.

자신이 모시는 도련님인 복윤을 노린 독인데 왜 뜬금없이 은서호의 시종이 독을 먹고 쓰러진단 말인가?

이렇게 되면 이 일은 실패다.

'내가 이 시종 자리를 위해서 얼마나 노력했는데.'

그는 속으로 분노를 삭였다.

자신에게 이 일을 의뢰한 자는 복윤 소단주에게 지독한 원한이 있는 듯했다. 그게 아니라면 암살 단체 여러 곳에 동시에 의뢰를 하지는 않았을 터.

그가 알기로 의뢰인은 그 누구든 복윤을 암살하는 데 성공한 자에게는 금자 백 냥을 약속했다.

금자 백 냥이라면, 삼 대가 놀고먹을 수 있는 금액.

십육 호가 속한 곳에서는 가장 뛰어난 실력을 가진 그를 보냈다.

그는 곧바로 암살 대상에 대해 조사했고, 이번 일이 쉽지 않을 거라는 것을 깨달았다.

복윤이라는 자는 보이는 것과 달리 매사에 신중한 성격이며 조심성이 많았다.

게다가 무척 현명하고 치밀하기까지 해서 빈틈을 파고들기 쉽지 않았기에 그는 시간이 좀 걸리더라도 확실한 방법을 선택했다.

바로 그의 시종이 되어 암살하는 것.

물론 아무나 시종이 될 순 없기에 시종을 납치하고는 대신 그 시종인 양 행동했다.

그렇게 일 년의 시간 동안 열과 성을 다해서 모시는 척했고, 음식 기미까지 담당했다.

그 결과 복윤은 그를 완전히 신뢰하는 듯했다.

이제 슬슬 살행을 해도 될 거라고 생각하며 차근차근 기회를 노리던 그에게 위기감을 느끼게 한 사건이 발생했다.

바로 다른 암살 단체의 살수가 복윤이 탄 말의 다리에 침을 날린 것이다.

이러다가 죽 써서 남 주는 게 아닌가 싶은 마음에 조급해졌다.

그러던 중, 좋은 기회가 생겼다.

은서호라는 자가 복윤에게 식사를 대접하겠다고 한 것.

자신은 쏙 빠져나가고 은서호 일행을 범인으로 몰 기회였다.

하지만 그 기회가 어처구니없이 날아가 버린 상황.

그는 빠르게 정신을 수습했다.

'이럴 때가 아니야.'

아까 음식을 맛보는 척하면서 하독을 하느라 옷소매에 독이 들어 있다.

만약 몸수색이라도 하게 된다면, 꼼짝없이 들키게 될 터였다.

그는 슬쩍 그 독을 주루의 나무 틈 사이에 숨겨 놓았다. 이제 그 독을 발견해도 누가 가지고 있던 것인지 아무도 모를 터.

하지만 그는 생각도 하지 못했다.

작은 돼지 한 마리가 그가 숨겨 놓았던 독에 접근했다는 것을 말이다.

* * *

곧바로 현청에서 사람들이 출동했다.

요녕에서 가장 번화한 주루에서 일어난 독살 미수 사건인 데다가, 그 현장에 광준상단의 소단주가 있으니 당연한 일이다.

그러다 보니 포쾌뿐만 아니라 곧이어 지현까지 달려와 사건을 조사하기 시작했다.

"음식을 닭에게 먹여 보았고, 닭이 죽은 것으로 보아 음식에 독이 들어 있었음이 확실하네."

"……."

"하여 몸수색을 좀 해야겠네."

포쾌는 양해를 구하고는 몸수색을 시작했다.

그 와중에 내 주머니가 의심의 대상이 되었다.

"이왕이면 확실하게 하기 위해 지현대인께서 직접 살펴보심이 어떻습니까?"

"좋네."

지현은 가까이 다가와 직접 내 주머니를 열어 보았고, 그 안에 있던 감찰어사의 신분패를 보았다.

"……!"

그걸 본 지현은 깜짝 놀라 예를 취하려고 했지만, 나는 그를 슬쩍 제지하며 작게 속삭였다.

"아무것도 아닌 것처럼 하십시오. 목숨은 소중한 겁니다."

"무, 물론…… 이네."

별로 달갑지 않은 신분패였지만, 덕분에 부드럽게 넘어갔다.

하아…… 역시 권력이 최고인가?

뭔가 씁쓸해지네.

그때였다.

"이, 이게 무엇이냐?"

"저는 모르는 것이옵니다!"

"이건 독이 아니더냐!"

그때 복윤 소단주의 시종을 수색하던 포쾌가 소리쳤고, 이내 시끄러워졌다.

시종의 옷소매에 있던 독이 발견된 것이다.

"네가 모르는 것이라면, 어째서 독의 주머니가 열려 있던 것이냐?"

"그, 그건……."

"네가 아까 기미를 봤다고 들었다. 그러면 그사이에 독을 넣은 것이 아니더냐!"

"소, 소인은 억울하옵니다."

"연이가 범인일 리 없습니다."

복윤도 옆에서 같이 시종의 결백을 주장하고 있었다. 그만큼 믿었다는 의미겠지.

저 독, 시종이 숨긴 거 금령을 시켜서 다시 소매 안에 넣어 놓으라고 한 거다.

혹시나 했지만 이번 일의 배후가 무림맹이 아님을 확신할 수 있었다.

그들이 일을 이렇게 허술하게 진행할 리 없으니까.

나는 그들에게 다가가 시종을 향해 비수를 휘둘렀다.

사악-!

내 행동에 주변 이들은 놀랐고, 복윤 소단주는 화를 냈다.

"은 소단주! 이게 무슨 짓입니까?"

"복 소단주께서는 아직도 저자가 소단주의 시종으로 보이십니까?"

"그게 무슨……?"

그때 포쾌 중 하나가 무기를 들며 말했다.

"인피면구로군."

복윤 소단주는 시종의 모습을 보고는 경악하며 소리쳤다.

"넌 누구냐?"

"제길!"

그 순간, 그자는 품에 숨겨 놨던 비수를 복윤 소단주를 향해 던졌…….

쾅−!

"으억!"

팔갑아, 식탁은 던지는 게 아니야…….

아니, 그보다 벌써 일어나다니 회복이 상당히 빠르구
나.

팔갑이 던진 작은 식탁은 뒤에서 그를 덮쳤고, 그 틈을
놓치지 않고 내 호위들이 달려와 그의 목에 검을 겨누었
다.

상황 종료였다.

나는 팔갑에게 달려갔다.

"괜찮아? 어지럽거나 메슥거리거나 하지는 않고?"

눈치 빠른 팔갑이 내 말뜻을 알아듣고는 대답했다.

"아까 도련님께서 먹여 주신 해독제 덕분에 괜찮습니
다."

우리 같은 상인들은 언제 어떤 불의한 일을 당할지 알
수 없다.

하여 언제나 약간의 해독약을 가지고 다녔고, 나는 그
중 적당한 것을 팔갑에게 먹인 거다.

복윤 소단주의 시종으로 암약했던 살수가 끌려가고, 우
린 객잔으로 돌아왔다.

복윤 소단주 역시 우리와 같은 객잔에 머물기에 같이
돌아왔다. 광준상단은 객잔에서 한 이틀 떨어진 곳에 있
었는데, 이 근처에 볼일이 있어서 온 것이다.

그날 밤.

객잔 일 층으로 내려와 보니 복운 소단주가 앉아 있었다. 그 옆에는 호위가 안쓰러운 눈으로 그를 바라보고 있었다.

"괜찮으십니까?"

그에게 다가가 조심스럽게 묻자, 그는 무겁게 고개를 저었다.

"괜찮…… 다고 말하면 거짓말이겠죠. 신뢰하던 이의 배신이라 그런지 생각보다 쓰라립니다."

저 마음, 나도 잘 안다.

이전 삶에서 호위였던 자가 나를 배신했었던 적이 있었으니까.

이제 슬슬 그 업보를 돌려줄 때가 되었구나.

"그래도 감사 인사는 드려야겠습니다."

그는 자리에서 일어나 나에게 포권했다.

"오늘, 은 소단주 덕분에 목숨을 구할 수 있었습니다. 은 소단주가 제 시종의 정체를 밝히지 않았다면, 저는 꼼짝없이 죽었을 겁니다. 다시 한번 감사드립니다. 이 은혜 반드시 갚겠습니다."

그는 이어 고개를 숙였다.

"그리고 저로 인해 시종이 독을 먹게 된 것, 사과드립니다."

"어쩌다 보니 그리된 것뿐입니다. 그러니 너무 괘념치 않으셔도 됩니다. 그리고 많은 독을 먹은 건 아니라서 지금 완전히 회복했습니다."

"아무리 그래도 독을 먹었는데 벌써 나았단 말입니까?"

"워낙 튼튼한 친구라서요."

그는 헛웃음을 내뱉고는 자리에 앉으며 진지한 표정으로 말했다.

"지금 저를 노리는 살수는 한두 명이 아닙니다. 대체 제 죽음에 무슨 가치가 있다고 이렇게 극성인지 모르겠습니다."

"……."

"방금 포두가 다녀갔습니다. 아까 잡혔던 살수가 자백하길, 제 진짜 시종은 이미 죽었다고 하더군요."

그게 복윤 소단주가 이렇게 청승맞게 앉아 있던 진짜 이유였다.

"저 때문에 죽었다니 너무 미안합니다. 제가 시종으로 삼지 않았다면 이런 일은 없었을 텐데……."

그 심정은 이해하지만, 너무 땅을 파지는 않았으면 하는 마음에 의자를 당겨 그 앞에 앉았다.

드르륵.

"그렇게 따지면 세상에 미안하지 않은 일은 없습니다. 멀쩡히 잘 있던 시종을 해친 살수가 미안해할 일이지, 복 소단주가 미안해할 일은 아닙니다."

"……."

"그러니 마음을 다잡으십시오. 여기서 무너져 버린다

면, 먼저 죽은 시종에게 더 면목이 없어질 것입니다."

내 말에 그는 고개를 끄덕였다.

"그렇군요. 은 소단주의 말이 맞습니다."

다시금 생기로 빛나는 눈.

그래, 내 친우가 되려면 이 정도는 되어야지.

"솔직히 그동안은 일을 크게 만드는 것을 싫어했기에 가만히 있었지만, 이래서는 아랫사람들의 희생만 늘어날 것 같습니다."

복윤 소단주에게 이번 일은 뭔가 깨고 나올 수 있는 계기가 된 듯했다.

나는 그에게 물었다.

"혹시 짐작 가시는 부분이 있습니까?"

"물론입니다."

그는 무겁게 고개를 끄덕였다.

아마 상단 내부의 경쟁자거나, 경쟁 상단 중에 하나겠지.

여기서부터는 그가 할 일이다.

"일이 잘 해결되길 빌겠습니다."

"감사합니다."

그는 포권하여 감사를 표하고는 화제를 돌렸다.

"그런데, 북해로 가신다고요."

"맞습니다."

아까 주루에서 했던 말을 기억하고 있었구나.

"저희 일도 마무리되어서 이제 본가로 돌아가려고 합

니다. 저희 본가가 북해로 가는 길목에 있어서 그런데, 저희와 동행하시겠습니까?"

요녕에 와 봤다고 해도, 현지인만큼 아는 건 아니다.

그런 상황에서 현지에 거하는 복 소단주의 제안은 괜찮은 제안이었다.

물론 살수라는 귀찮은 파리들이 덤벼들긴 하겠지만, 파리야 때려잡으면 그만이니까.

다음 날, 아침.

우리는 객잔에서 출발했다.

복윤 소단주와 함께 마차를 타고 이동하면서 그와 더 많이 친해질 수 있었다.

그리고 제법 유용한 정보들도 들을 수 있었다.

이를테면, 유목 민족들과 만났을 때 무엇을 조심해야 하는지, 초원 지대에서 길을 잃었을 때 어떻게 해야 길을 찾을 수 있는지와 같은 정보들이었다.

과연 유목 민족들과 친밀한 관계를 유지하고 있는 상단의 소단주다웠다.

그와 함께했던 여정의 끝이 다가오고 있었다.

"저곳이 광준상단입니다."

"그렇군요. 참으로 규모가 큽니다."

"예, 아무래도 말을 주로 다루다 보니 넓은 공간이 필요하더군요."

복윤 소단주가 웃으며 고개를 끄덕일 정도로, 언덕 위

에서 내려다보이는 상단의 규모는 어마어마했다.

"그래서 번화한 곳이 아니라, 이렇게 거리가 있는 곳에 본단이 있는 거군요."

"네. 아무래도 땅값도 싸고, 말의 먹이를 구하기도 쉬우니까요."

복윤 소단주는 우리에게 하룻밤 묵어갈 것을 권했고, 나는 흔쾌히 승낙했다.

여기까지 같이 왔는데 그 청을 거절하기도 뭐했고, 야숙하기도 싫었으니까.

광준상단의 본단에 들어선 우리는 복윤 소단주의 아버지인 복임길(卜任吉) 상단주를 만났다.

"오! 이게 누군가? 은해상단의 은서호 소단주 아닌가?"

"예, 그간 강녕하셨습니까."

전에 낙양에서의 회합 때 만난 적이 있었기에, 그는 나를 기억하고 있었다.

그는 호탕하게 웃으며 답했다.

"나야 잘 지내고 있지. 그나저나 내 아들에게 미리 전갈을 받았네. 다시 한번 감사를 표하네."

"아닙니다. 운이 좋았을 뿐입니다."

"허허, 겸손한 것은 여전하구만. 그나저나 호북에서 여기까지는 어쩐 일인가?"

"사실, 북해에 가던 중이었습니다."

"북해에?"

그는 의아한 표정을 지었지만, 더 묻지는 않았다.

이런 것을 깊게 물어서는 안 된다는 것을 아는 것이겠지.

"고행이 되겠군. 여기서라도 편히 쉬다가 가게나."

"감사합니다."

복임길 상단주는 시종에게 나와 일행을 안내하도록 했다.

나는 시종의 뒤를 따르며 덕분에 오늘은 편히 잘 수 있겠다는 생각이 들었다.

그나저나 앞으로 재밌어지겠네.

복윤 소단주가 무사히 본단에 도착한 이상, 그의 암살을 의뢰한 곳과 전면전은 피할 수 없는 일이다.

아마 곧 자신들이 잠자는 호랑이를 깨웠다는 것을 깨닫게 될 것이다.

* * *

복임길은 자신의 집무실에서 복윤과 이야기를 나누었다.

"무사하니 다행이구나."

"은 소단주의 도움이 컸습니다."

"그래, 그랬다고 했지. 그런데 은 소단주와는 어찌 만난 것이냐?"

복윤은 아버지에게 자초지종을 설명했다.

"그랬구나."

"그런데 아버지께서는 은 소단주를 만난 적이 있으십니까?"

"저번 백대상단 회합 때 만났었지. 내가 알기로 이번 유희에서 은패를 지킨 유일한 인물일 거다."

"그 은패를 말입니까?"

복윤 역시 회합에 참석한 적이 있기에 은패를 지키는 것이 얼마나 어려운지 알고 있었다.

지금까지 두어 번 정도 회합에 참석했지만, 그때마다 은패를 지키지 못했으니까.

"그래, 대단한 인물이다. 가능하면 친하게 지내도록 해라."

"안 그래도 오면서 친해졌습니다. 저와 대화가 통하는 동갑내기는 처음이라서 말입니다."

"호오, 그래? 전에 만났을 때 보니 쉽게 마음을 여는 사람 같지는 않던데, 어지간히도 네가 마음에 들은 듯하구나."

"다행이네요. 저도 그 친구가 마음에 듭니다."

복윤의 진심이 담긴 미소에 복임길이 피식 웃었다.

"그나저나 너를 노린 자가 누군지 알아냈다."

"저도 알 것 같습니다."

"너는 누구라고 보느냐?"

"삼부상단(三斧商團). 아닙니까?"

"맞다."

그들은 같은 요녕 땅에서 활동하는 상단으로, 그들의 주력 상품 역시 말이었다.

하지만 출신이 조금 달랐는데, 그들의 시작은 저 멀리서 도망쳐 온 세 명의 흑도였다.

그들은 급격하게 성장해서 광준상단의 위치를 위협했다. 하지만 이번에 야심차게 추진했던 사업이 광준상단에 밀려 실패했다.

그게 삼부상단주의 자존심을 짓밟는 일이 되었기에 그리 독하게 나왔을 터.

"저를 노렸던 살수가 자백했습니다. 저의 목숨을 취하면 금자 백 냥을 준다고 했더군요."

"그 정도의 자금력을 갖고 있고, 집요하게 너를 노릴 만한 곳은 그곳뿐이지."

"그렇습니다. 흑도만큼이나 흑도의 무서움을 잘 아는 곳도 없을 테니까요."

"맞다. 놈들이나 할 법한 짓이지."

상인들이 비겁한 암수를 사용하지 않는 것은 그 여파가 크다는 것을 알기 때문이다.

수틀린다고 살수를 동원하여 상대 상단을 해하는 자의 물건을 어떻게 믿고 살까?

하지만 삼부상단은 흑도 출신이라서인지, 들키지만 않으면 된다고 생각하는 듯했다.

"저는 이 일을 좌시할 생각이 없습니다. 저들은 반드시 응분의 대가를 치를 것입니다."

* * *

그날 오후.

나는 호위무사들과 함께 외출했다.

광준상단의 본단이 위치해 있어서인지 이곳에도 장시가 형성되어 있었기 때문이다.

마을에 들르면 장시를 둘러보면서 상권을 분석하는 것은 나의 습관이자 취미였다.

"팔갑아, 가자."

"네."

혹시 저번 일로 팔갑이 토라지면 어쩌나 했는데, 다행히 상황을 알아차리고 이해했다.

오히려 자신을 구해 준 것이라고 고마워했다.

나는 호위무사들을 대동하고 저자로 나갔는데, 광준상단에서는 안내인을 겸하여 무사 한 명을 붙여 주었다.

"저곳이 이 마을에서 가장 큰 장시입니다."

"그렇군요."

변방인 데다가 기후가 좋은 편은 아니었기에 생필품에 가까운 종이나 곡식 등이 비쌌다.

"산누에로 만든 비단이 참 곱습니다요."

"당연하지. 그만큼 비싸지만."

비단 중에 최상급으로 평가받는 것이 산누에로 만든 비단이다.

야생종이기에 생산량이 적지만, 양잠으로 만든 비단보다 훨씬 질기고 광택이 좋기 때문이다.

물론 엄청 비싸다.

그래서 사천의 촉금 중에서도 더럽게 비싼 게 산누에

촉금이다.

그렇기에 이곳의 산누에 비단을 가져와 파는데, 운송비를 생각해도 이곳의 산누에 비단이 산누에 촉금보다 싸게 먹힌다.

이런저런 이야기를 나누며 장시를 구경할 때, 서우 무사의 전음이 들렸다.

– 누군가 저희를 미행하고 있습니다.

그리고 진유 무샤의 전음도 들렸다.

– 살수는 아닌 듯한데, 미행하는 자들이 있습니다.

그건 나도 느끼고 있었다.

흑도의 역겨움이 느껴졌으니까.

아까 광준상단의 대문을 나섰을 때부터 우리에게 따라붙었던 것 같은데?

대체 무슨 목적 때문에 그러는 건지 궁금해졌다.

나는 일부러 좁은 골목이 있는 길로 들어갔고, 어느 순간 우리 앞에는 한 무리의 이들이 서 있었다.

그들 중 한 명이 앞으로 나서서 포권했다.

"은서호 소단주 되십니까? 잠시 만나고자 하시는 분이 계십니다."

"그분이 누구십니까?"

"만나면 아시게 될 겁니다."

"직접 오라고 하세요."

내 말에 그들 무리가 분노를 터뜨렸다.

"이런 건방진!"

"그럼, 이 험한 세상에 부른다고 무조건 가나요?"

"윗분께서는 수단과 방법을 가리지 말고 데리고 오라고 하셨습니다. 벌주를 마신 건 그쪽입니다."

그와 동시에 그들은 무기를 빼 들었다.

챙-!

채챙-!

저들이 먼저 무기를 빼 든 이상, 우리도 망설이지 않았다.

그런데 저들은 아나?

우리 쪽은 절정 무사가 세 명이나 있는데 말이지.

.

.

잠시 후,

우리를 에워쌌던 이들은 모두 바닥을 나뒹굴고 있었다.

"⋯⋯."

우리의 안내역으로 따라온 무사는 입을 떡 벌리고 있었다.

"놀라셨습니까?"

그는 조심스럽게 고개를 끄덕였고, 나는 피식 웃으며 말했다.

"그래도 소문은 내지 말아 주십시오."

"아, 알겠습니다."

"저희가 이곳에 있을 테니, 현청에 고해 주십시오."

내 말에 그는 즉시 현청으로 달려갔다.

그 사이, 나는 바닥에 누워 있는 이들 중 하나의 옆구리를 발로 찼다.

퍽-!

"으윽!"

"그럼 이제 대답 좀 하죠? 누가 보낸 겁니까?"

"......."

"옆구리에 칼침 맞아 보실래요?"

"......."

말로는 안 되겠군.

진유 무사에게 눈짓하자, 그는 검을 들어 그자의 옆구리 쪽에 가져다 대었다.

그러자 그자는 덜덜 떨면서 실토했다.

"사. 삼부상단의 상단주님입니다."

삼부상단이라…… 기억난다.

내 지난 삶에서 광준상단이 백대상단에서 물러났을 때 새로 백대상단의 말석에 들었던 곳이다.

방식이 더러워서 마음에 들지 않았던 곳인데, 그 이유가 이거였군.

이렇게 많은 흑도 무사를 거느렸다는 건 삼부상단 역시 흑도라는 의미니까.

어차피 복윤 소단주에게 털릴 곳이긴 하지만, 저들이 나까지 건드린 상황이다.

그러니 내가 도움을 준다고 해서 오지랖은 아니다.

잠시 후,

포두가 포졸들을 이끌고 달려왔고, 저들을 추포하여 현청으로 끌고 갔다.

나 역시 저들과 함께 현청으로 향했다.

그리고 지현에게 감찰어사의 신분패를 보이며 말했다.

"이 일은 황제 폐하께 보고될 것입니다."

그것만으로도 충분했다.

내 행동이 월권은 아니었다. 황제가 직접 나에게 자신의 충실한 눈과 귀가 되라고 했으니까.

이왕 손에 들어온 거 잘 써먹어야지 않겠는가?

게다가 우리 손을 더럽힐 가치가 없는 놈들이니까.

40장. 북해에서

북해에서

　감찰어사라는 직책의 위상은 생각보다 더 대단했다.

　삼부상단에 대한 조사가 상당히 빠르고 광범위하게 이루어졌기 때문이다.

　하지만 대단한 처벌을 받지는 않을 거다. 지현도 삼부상단에게서 상당한 돈을 받아먹었을 테니까.

　황제가 직접 명령을 내리지 않는 이상, 적당한 수준의 처벌 정도만 하고 끝나겠지.

　뭐, 그 정도면 충분하다.

　어차피 진짜는 따로 있고, 나는 시선을 분산시켰을 뿐이다.

　이제 나는 슬슬 빠져야겠지.

　·

　·

　·

"북해로 가는 길은 무척 험하니, 부디 몸조심하십시오."

복윤 소단주의 염려 가득한 말에 나는 웃으며 고개를 끄덕였다.

"그리하겠습니다. 복 소단주도 몸조심하십시오."

"걱정하지 마십시오. 제가 뒤끝이 좀 길어서 말입니다."

"그건 저와 같군요."

그렇게 가볍게 웃으며 답하고는 옆의 소년을 힐끔 바라보았다.

뭔가 낯이 익은 얼굴.

복윤 소단주의 동생인, 복영 공자다.

내 지난 삶에서는 복영 공자가 상단주가 되었지.

그는 학문에 조예가 깊었다고 들었다.

하지만 조정에 출사할 것이라면 모를까, 상단주로서 필요한 재능은 아니다.

"복영 공자."

"아, 네."

"혹시 조정에 출사하는 것에 관심이 있으십니까?"

"……네? 어, 어떻게 아셨습니까?"

"보면 압니다. 그래서 말인데, 북경에 행화학당이라고 있습니다. 설립된 지 얼마 되지 않은 곳이긴 하지만 대학사들이 스승으로 있는 곳이지요. 공부를 하고 싶으시다면 그곳에 입학하는 것을 추천드립니다."

내 제안에 그의 눈이 반짝였다.

상단의 자제로서 어느 정도 산술 교육도 받았으니 황제가 원하는 인재상으로도 딱이다.

황제의 총애를 받게 되면, 광준상단의 입장에서도 나쁘게 없다.

그리고 내가 본 복윤 소단주는 동생이 황제의 총애를 받는다고 해도 경거망동할 인물은 아니니까.

복윤 소단주는 고개를 끄덕였다.

"제가 앞장서서 한 번 추진해 보지요."

"네."

"그리고 이거 받으십시오."

그는 짐승의 뼈를 조각하여 만든 작은 호각을 내밀었다.

"이건?"

"혹시라도 초원의 부족들을 만나게 된다면, 이 호각이 도움이 될 것입니다. 저희 상단 사람이라는 것을 증명하는 물건으로, 저들이 적당히 넘어가 줄 겁니다."

말 그대로 상단에서 보증해 준다는 의미다.

"이거, 돌려주려 돌아오셔야 합니다."

이 호각을 돌려주기 위해서라도 광준상단에 다시 방문해야 하니, 반드시 무사히 돌아오라는 의미이기도 했다.

그 마음이 느껴져, 나는 고개를 끄덕였다.

"알겠습니다. 반드시 돌려 드리겠습니다."

나는 그것을 품에 넣고는 작별 인사를 건넸다.

"그럼 가 보겠습니다."

.

.

.

말을 못 타는 것은 아니지만, 초원을 달리는 것은 생각
보다 힘들었다.

달리고 달려도 보이는 것은 넓은 초원뿐이었으니까.

이래서 마른 식량과 물을 챙겨야 하는 것이다.

가끔 유목 민족들을 만났는데, 그때 복윤 소단주가 준
호각이 제법 도움이 되었다.

우리에게 손을 대기는커녕 오히려 물과 음식 같은 것을
나누어 주었다.

하지만 가끔 그것이 도움이 되지 않을 때도 있었는데,
그럴 땐 어쩔 수 없이 피를 봐야 했다.

순순히 약탈당할 순 없으니까.

그렇게 몇 날 며칠을 이동한 끝에 드디어 우리는 북해
에 도착했다.

"여기서부터 북해의 영역입니다."

진유 무사의 말에 나는 고개를 끄덕였다.

"그렇군요."

그의 말이 아니더라도 여기서부터 북해라는 것을 알 수
있었다.

점점 북쪽으로 오면서 추워졌을 뿐만 아니라 저 너머는
하얗게 눈이 쌓여 있었으니까.

"거기, 혹시 지금 북해로 넘어가려는 건가?"

우리를 부르는 소리에 뒤를 돌아보자, 털옷을 입은 중년인이 우리를 보고 있었다.

"네?"

"북해로 향하는 것 같은데 맞나?"

"아, 네. 맞습니다."

순순히 긍정하자, 그는 미간을 찌푸리며 퉁명스럽게 말을 내뱉었다.

"죽으려고 환장했군."

"······."

그 거친 말에 뭔가 싶었다.

"잔말 말고 따라와."

뭐지? 이 무례한 태도는?

다짜고짜 따라오라니.

잠시 어처구니가 없어서 멍하니 서 있자, 그 남자가 버럭 소리를 질렀다.

"아! 오라면 올 것이지 뭘 그리 의심이 많아? 얼어 뒤지었네. 후딱 따라와!"

나는 호위무사들과 잠시 눈짓을 주고받고는 그를 따라갔다.

그에게서 딱히 역겨운 느낌도 들지 않았고, 그의 행동에 악의가 보이지는 않았으니까.

그를 따라 도착한 곳은 바위 아래에 만들어 놓은 움막이었다.

"말은 저 안에 매 놓고."

그가 가리킨 곳은 유목민들의 집처럼 만들어 놓은 곳이었다.

"필요한 거 있으면 미리 가지고 와. 내일 아침이 될 때까지 나오지 못하니까."

그 안에 말을 매어 놓고, 짐을 들고 밖으로 나오자 중년의 남자는 문을 닫았다.

"우린 이쪽."

바위 아래의 움막에 들어가자, 모닥불이 피워져 있었고 그 주위에 두 명의 남자가 있었다.

하나는 젊은 남자, 다른 하나는 우리를 데리고 온 중년의 남자와 비슷한 연배로 보였다.

"갑자기 웬 손님이냐?"

"지금 북해로 넘어간다고 해서 데리고 왔지."

"와, 하필이면 오늘? 뒤지려고 환장했군."

의미를 알 수 없는 대화들.

서우 무사가 나서서 물었다.

"아직 날도 밝은데 오늘 북해로 넘어가면 안 되는 이유라도 있는 겁니까?"

"정말 모르고 있구먼. 오늘은 설풍이 부는 날이네."

"아! 오늘이 설풍이 부는 날이었습니까?"

그 말에 진유 무사가 깜짝 놀라더니 내게 고개를 숙이며 사죄했다.

"송구합니다. 오늘이 설풍이 부는 날인지도 모르

고…… 하마터면 주군을 위험에 빠트릴 뻔했습니다."

"설풍…… 이요?"

익숙한 단어.

내가 배우고 있는 진설십이식검법의 네 번째 초식의 이름이다.

그리고 그 무공은 설풍궁의 검법이고.

자리에 앉아 있던 중년의 남자가 설명했다.

"설풍이 부는 날에는 북해로 넘어가지 않는 것이 좋네. 눈이 섞인 강풍에 휩쓸리면 한 치 앞도 보이지 않을 거고, 그 와중에 어지러이 날리는 설화와 마주친다면 환상을 보며 길을 잃을 수도 있지."

진설십이식검법의 다섯 번째 초식이 설화다.

"그러다 보면 눈의 늪에 빠져서 나오지 못해."

눈의 늪, 설수.

여섯 번째 초식이다.

"그 상태로 쌓이는 눈을 맞게 되면 뭐, 그대로 얼어 죽는 거고."

두 번째 초식인, 적설.

아직 저들이 말하는 설풍의 정확한 현상을 보지는 못했지만, 저 설명을 들어 보면 진설십이식검법은 북해의 자연현상에 착안하여 만들어진 무공이 아닌가 하는 생각이 들었다.

"하여 우리 같은 경험 많은 사냥꾼들은 설풍이 온다고 하면 얌전히 이렇게 처박혀 있지."

"그렇군요."

그러니까, 우리를 데리고 온 남자의 태도가 무례하긴 했어도 선의로 데리고 와 준 거군.

나는 그들에게 포권했다.

"저희를 도와주심에 감사드립니다."

"뭘, 여기서는 다들 돕고 살지. 안 그러면 살아남을 수 없을 정도로 혹독한 곳이니까."

"그런데 별다른 전조가 느껴지지 않았는데, 설풍이 오는 것은 어떻게 아신 겁니까?"

"그건 설명하기 어렵네. 그냥 경험이거든."

진유 무사가 설명을 덧붙였다.

"맞습니다. 저도 원래는 알 수 있었는데, 북해를 떠난 지 제법 되어서 느끼지 못했습니다."

"그러면 설풍은 특별한 주기가 없는 겁니까?"

"뭐, 그렇지. 그래도 이때쯤은 보름에 한 번 부니까 뭐. 하지만 가을이 되면 그때부터 규칙성이라는 것이 없지."

"그렇군요."

그래서 사부님이 가을이 되기 전에 다녀와야 한다고 하셨구나.

우리를 안내해 준 중년인이 말했다.

"그래서 언제까지 서 있을 생각이야? 앉아. 목 아파."

"아, 네."

우리가 적당한 곳에 자리 잡고 앉자, 그가 물었다.

"먹을 건 가지고 있나?"

"아, 네."

"그럼 각자 알아서 먹어. 우리 먹을 것도 부족하니까."

툴툴대는 목소리에 뭔가 싶었지만, 나로선 오히려 안심이 된다.

저들도 그걸 알고 있기에 일부러 먹을 것을 권하지 않는 듯했다.

그때, 모닥불 앞에 앉아 있던 중년의 사냥꾼이 물었다.

"그런데, 거…… 뭐냐, 그…….."

왜 갑자기 말을 더듬지?

"혹시 그 남장…… 험험, 남장 여자인가?"

"네?"

"아니, 그, 얼굴이 예쁘장한 것이 꼭 여자 같아서 말이지."

그 말에 순간 당혹스러웠다. 그런데…….

"우리 도련님이 좀 잘생기셔서 그리 오해하는 것도 이해합니다요."

팔갑의 말에 호위무사들이 고개를 끄덕였는데, 그게 나를 민망하게 했다.

중년의 사냥꾼이 머쓱한 표정으로 사과했다.

"남자였군. 오해해서 미안하네."

"아닙니다. 그런데 왜 그리 생각하셨습니까?"

"올해가 십 년 만에 북해빙궁의 문이 열리는 해거든."

"벌써 그럴 때가 되었군요."

진유 무사가 복잡한 눈빛을 하고는 우리에게 설명해 주었다.

"북해빙궁은 십 년에 한 번씩 다섯 살부터 열다섯 살 사이의 여인들을 제자로 받아들입니다. 그걸 북해빙궁의 문이 열린다고 합니다."

"그렇군요."

"하여 그쪽처럼 호위들을 거느리고 북해빙궁의 문을 두들기는 이들 중에는 괜한 시비에 걸리지 않고자 남장 하는 여인들이 제법 많네."

"그래서 오해하셨군요."

그런데 뭔가 이상했다.

"저, 그런데 북해빙궁에는 열다섯 살 이하의 여자를 제 자로 받는다면서요? 저, 이제 곧 스무 살입니다만."

"……."

순간, 설풍이 불어오는 게 아닐까 싶을 정도의 서늘한 침묵이 감돌았고.

"그, 그렇군."

"동안이었군."

.

.

.

휘이잉―!

우우웅―!

쌔애애액―!

바람이 불어오는 소리가, 마치 고수가 쉴 새 없이 검을 휘두르는 것처럼 들렸다.

"바람 소리가 상당히 살벌합니다."

여웅암 무사의 말에 진유 무사가 고개를 끄덕였다.

"맞습니다. 괜히 북해 사람들도 설풍을 피하는 것이 아닙니다."

"이런 바람이라면 진짜 목숨이 위험하겠군요."

이필 무사의 말에 사냥꾼이 대답했다.

"보통 사람은 그렇지. 나도 아버지에게 듣기만 하고 직접 본 적은 없는데, 설풍궁의 무인들은 이런 설풍 속에서도 자유자재로 이동할 수 있었다고 하네."

"네? 설풍궁이요?"

"아, 처음 듣나 보군. 그도 그렇겠지. 워낙 폐쇄적인 곳이었으니까."

"그곳의 고수들은 북해빙궁의 설풍을 다스리는 존재들이었지."

두 사냥꾼은 신이 나서 그곳에 대해 이야기해 주었다.

그들의 설명에 의하면 설풍궁은 북해빙궁의 설풍을 다스리는 존재들이었으며, 북해의 해로운 영물들을 처리하는 곳이자, 북해빙궁의 수호자였다고 한다.

"엄청난 곳이었군요."

"맞네. 그 설풍을 다스리는 곳이라 하여 설풍궁이라는 이름으로 불렸지."

사부님께서 자세히 얘기해 주신 적이 없었는데, 여기에서 이런 설명을 들을 수 있을 줄이야.

"그런데 말입니다요."

그때 팔갑이 그들에게 물었다.

"왜 설풍궁에 대해 말할 때 그러했다고 말씀하시는 겁니까요?"

그 물음에 우리를 데리고 온 사냥꾼이 대답했다.

"지금은 없으니까?"

"네?"

"멸문당했네. 마교에 의해서."

나는 흘깃 진유 무사의 표정을 살폈다.

그 이야기를 듣는 그의 표정은 뭐라고 설명하기 어려웠다.

회한? 분노? 자부심?

뭐라고 정의하기 어려운 복잡하고 미묘한 표정.

그 모습을 보자 문득 하나의 생각이 떠올랐다.

혹시, 진유 무사도 설풍궁의 생존자인 것일까.

밤새 거센 바람이 휘몰아쳤는데, 이러다가 움막이 날아가는 게 아닐까 싶을 정도였다.

그런 우리의 표정을 읽었는지, 우리를 이곳에 데리고 온 사냥꾼이 말했다.

"움막이 날아갈까 봐 걱정되지?"

"아, 네……."

"허술해 보여도 허술하지 않은 움막이니 안심하고 조금 눈을 붙이도록 하게."

"아, 네."

우리는 서로 돌아가면서 눈을 붙였다.

.

.

.

한 남자가 눈 쌓인 벌판을 걷고 있었다.

이십 대로 보이는 젊은 미청년.

처음 보는 사람이었지만, 묘하게 낯익은 느낌이 드는 남자였다.

그가 발을 멈추었다.

그 앞에는 거센 눈보라가 휘몰아치고 있었다.

그는 검을 빼 들었다.

백색의 검신 역시 이상하게 낯이 익었다.

그 순간, 그 남자의 머리카락이 백색으로 변했다.

검이 가볍게 눈보라를 갈랐고, 그와 동시에 그 누구의 출입도 허용하지 않는다는 듯이 거세게 휘몰아쳤던 광풍 속으로 길이 생겨났다.

그 남자는 유유히 그 안으로 걸어 들어갔는데, 거센 바람이 한 조각도 그 남자에게 닿지 못했다.

그 남자가 다시금 발걸음을 멈추더니, 몸을 돌려 나를 향해 입을 열었다.

뭐?

"도련님! 아침 드세요. 도련님."

팔갑의 목소리가 들렸다.

눈을 뜨자 눈 쌓인 벌판이 아닌, 허름한 움막의 내부가
보였다.

아, 꿈이었구나.

서우 무사의 목소리가 들렸다.

"이렇게, 말린 고기 가루를 넣어 주면 더욱 감칠맛이
도는 거죠."

"아하!"

"한 번 드셔 보십시오."

"크! 기가 막히군!"

"자네! 어디서 숙수라도 했었나?"

"아버지! 이거 진짜 맛있습니다."

내가 그 모습을 의아한 눈으로 보자 팔갑이 설명해 줬다.

"간밤에 움막을 빌려주신 보답으로, 서우 무사님이 아
침 식사를 만드시는 겁니다."

"그렇구나."

나는 고개를 끄덕이며 꿈에서 본 남자의 말을 떠올렸다.

분명…… 그곳에서 기다리겠다고 했지?

.

.

.

설풍이 그쳤고, 우리는 움막에서 나왔다.

"……."

나는 왜 설풍이 무섭다고 하는지 알 것 같았다. 어제
봤던 것과 지형이 완전히 달라져 있었기 때문이다.

진설십이식검법의 네 번째 초식인 설풍은 쾌검이지만, 단순한 쾌검은 아닌 듯했다.

초식들이 이곳의 자연 현상에 기반하고 있다는 것을 어제 깨달았으니까.

뭔가 잡힐 듯 말 듯 했지만, 명확하게 떠오르질 않아 일단은 넘겼다.

다행히 말들도 무사했다.

"도움을 주셔서 감사합니다."

우리는 사냥꾼들에게 포권하여 인사했다.

"북해에 왜 가는지는 알 수 없지만, 잘 다녀오게나."

"네."

금전적인 사례를 할까 잠시 생각했지만, 그러지 않았다.

돈이 오간다면 우리 사이의 관계는 돈에 의해서 변질될 수 있으니까.

그리고 금전적인 사례 말고도 고마움을 표할 방법은 많다.

그건 돌아와서 생각해도 되겠지.

"아, 그리고 요즘 해로운 영물들이 설치고 있으니, 조심하게나."

"네. 알려 주셔서 감사합니다."

우리는 이런저런 조언을 받고 털모자와 털옷을 입고 북해로 진입했다.

하얀 눈이 햇빛을 반사하여 눈이 부시도록 아름다운 광경이었다.

이게 설광이라는 거구나.

나는 진설십이식검법의 아홉 번째 초식인 설광을 떠올리며 말을 몰았다.

사부님께서 말씀하신 대로라면 여기서 이틀쯤 더 가면 된다.

"와, 겁나게 춥습니다요."

팔갑이 코를 훌쩍이며 말했다.

"여름도 이런데, 겨울에는 진짜 끝장나겠습니다요."

그 말에 진유 무사가 말했다.

"그래도 겨울은 겨울 나름의 정취가 있는 곳입니다. 눈이 끝도 없이 내리니까요."

그게 정취가 있는…… 건가?

"솔직히, 사람이 살기에는 혹독한 곳이군요."

"그런데, 도련님께서는 괜찮으십니까요?"

팔갑의 물음에 나는 고개를 끄덕였다.

"응, 나는 괜찮아."

정말로 북해의 추위는 내게 조금도 영향을 주지 않았다. 오히려 기운이 났다.

아마 내 체질이 현룡성체인 데다가 빙공을 익히고 있어서 그럴 터.

이래서 사부님께서 나를 이곳에 보내신 거겠지.

그리 생각하며 힐끔 진유 무사를 보았다. 전에는 미처 알아차리지 못했는데, 그의 내공 역시 음기의 내공이다.

그래도 춥지 않은 게 좋지.

그렇게 생각하며 주머니에서 상자를 꺼냈다.

황제가 금의위의 진영 대협을 통해 내게 건넨 선물이다. 황제가 내게 전하라고 했던 말이 떠올랐다.

'이건 너에게 유용하게 쓰일 것이니라, 이걸 쓸 때마다 짐의 충실한 신하임을 기억해라.'

뭐, 꼭 내가 써야 하는 것도 아니고, 안 쓴다고 해서 황제의 신하가 아닌 것도 아니다.

그러니 이왕 내 손에 들어온 거, 알차게 써먹어야지.

"팔갑아, 이리 와 봐."

나는 팔갑을 불러 상자 안에서 목걸이를 꺼내 건넸다.

"이거 목에 걸고 있어."

"이게 뭔니까요?"

"화씨벽(和氏璧)."

"……네?"

팔갑은 깜짝 놀랐다.

"그거, 벌레가 앉지 않고 겨울에는 따뜻하고 여름에는 시원하다는 그거 아닙니까요?"

"맞아. 그런데 진짜 화씨벽은 아니고 화씨벽을 흉내 낸 거야."

나는 한숨을 내쉬며 말을 이었다.

"황제가 주신 거야. 잘 다녀오라고."

내 말에 팔갑은 펄쩍 뛰었다.

"그 귀한 것을 저에게 주셔도 되는 겁니까요?"

"나는 그다지 필요가 없거든. 하지만 그렇다고 필요 없으니까 받지 않겠다고 할 수도 없잖아."

괜히 황제의 심기를 거스를 수도 있고, 그게 아니더라도 황제에게 내 무공에 대해 알려 줄 필요는 없으니까.

"우리는 절정 무사에 일류 무사야. 이 정도 추위는 견딜 수 있는데 팔갑은 아니잖아."

"그, 그래도…… 비록 화씨벽을 흉내 냈다고 해도 그 정도면 천하의 기물입니다요."

"알아. 하지만 나에게는 네가 더 소중해."

내 말에 팔갑은 감동한 표정으로 나를 보았다.

"크흥, 제 평생에 가장 잘한 일은 도련님의 시종이 된 일입니다요."

"……."

그 순간, 이전 삶에서 팔갑이 죽기 전에 나에게 했던 말이 떠올랐다.

"도련님, 제가 지금까지 살면서 가장 잘한 일은 도련님의 시종이 된 일이었습니다."

나도 모르게 주먹이 꽉 쥐어졌다.

이번에는 그럴 일은 없을 거다. 평생, 내 옆에서 같이 호의호식하며 살게 해 주마.

그렇게 다짐하며 팔갑의 말을 받아쳤다.

"그걸 이제 알았어?"

"진작에 알았습니다요."

팔갑은 목에 화씨벽…… 그냥 화씨벽이라고 해도 되겠지.

화씨벽 목걸이를 걸었다. 화씨벽 목걸이 덕분인지 팔갑을 중심으로 일 장 정도는 살짝 훈훈하다는 기분이 들었다.

황제가 좋은 걸 주시기는 했구나.

그렇게 한 시진 정도 갔을 때 이필 무사가 물었다.

"그러고 보니 북해빙궁은 어디에 있습니까?"

"여기서 이틀 정도 가면 나옵니다. 마침 저희가 가야하는 방향과 비슷합니다."

진유 무사의 말에 살짝 당황했다.

그렇다면 사부님이 말씀하신 곳은 북해빙궁과 그렇게 멀지 않은 곳인데?

이곳 북해에서 가장 유명한 곳이 북해빙궁이다.

여인들로만 이루어진 문파였지만, 그 구성원 하나하나가 엄청난 고수들이다.

이전 삶에서 마교라 불리는 천마신교도 결국 북해빙궁은 손에 넣지 못했을 정도.

"그럼 아까 말했던 어린 소녀들이 북해빙궁의 제자가되기 위해서 이 추위를 뚫고 간다는 말입니까?"

"그렇습니다."

진유 무사는 고개를 끄덕였다.

"그만큼 단호한 결의가 없이는 선택하기 어려운 길이기도 합니다."

하긴 내 호위무사들의 실력이 부족했다면 저들은 이곳에 같이 오지 못했을 거다.

뭐, 팔갑이야 그냥 곰이고.

듣기로 눈에서 사는 곰도 있다던데.

아무튼, 이 북해는 어설픈 실력으로는 함부로 발을 들여서는 안 되는 험한 곳이다.

그리고 이 험난한 환경 자체가 북해빙궁으로 가는 첫 번째 관문이기도 한 셈.

"어? 저기 사람들이 있습니다요."

우리 앞에 사람들이 보였는데, 뭔가 이상했다.

미동도 없었기 때문이다.

다가가 보았지만, 이내 미간을 찌푸릴 수밖에 없었다.

"얼어 죽었군요."

"어제 설풍을 견디지 못한 모양입니다."

어제 거친 설풍이 불었고, 더 이상 길을 가기 힘들다고 생각되어 이곳에서 설풍이 그치길 기다렸을 터.

하지만 설풍은 만만히 볼 수 있는 게 아니다. 숙련된 사냥꾼들마저 두려워할 정도였으니까.

결국, 버티고 버티다가 얼어 죽은 듯하다.

어제 그 사냥꾼의 도움이 아니었다면 우리도 곧바로 들어갔다가 이런 신세가 되었을 터.

각자 무공의 수준이 높으니 이렇게 얼어 죽지는 않았겠

지만, 적잖은 곤란을 겪었을 게 분명하다.

다시금 감사한 마음이 들었다.

제법 고급 천으로 만들어진 옷을 입은 걸 보니 나름 좀 사는 집이었던 것 같은데 이렇게 얼어 죽다니.

"북해빙궁으로 가는 길이었나 봅니다."

서우 무사가 그리 말하며 손으로 한 사람을 가리켰다. 딱 봐도 열두어 살 정도로 보이는 소녀였다.

대체 무슨 사연이 있기에 이 험로를 걸었는지 알 수 없지만, 안타까운 마음이 들었다.

나는 그들 중에 가장 좋은 옷을 입은 자의 품을 뒤졌다. 신분을 알 수 있다면 나중에 저 가문에 소식이라도 전해 주기 위해서였다.

다행히 신분패가 있었는데, 귀주성 백진 홍씨 가문의 구악이라 적혀 있었다.

귀주성에서 여기까지 왔다고?

귀주는 사천보다도 남쪽에 있을 정도로 멀고, 혹독한 더위로 유명한 곳이다.

그런 곳에서 중원을 가로질러 북해까지 왔다니 조금 이해가 가지 않았다.

어쨌든 그렇게 신분을 확인하고는 패를 원래대로 넣어 두었다. 혹시라도 이들의 가문에서 이들을 찾으러 올지도 모르는 일이니까.

"가자."

"네."

안타깝지만, 죽은 사람은 죽은 사람이다.

우리에게는 우리의 여정이 있다.

그렇게 온종일 걸은 우리는 날이 저물기 시작하자 쉴 곳을 정했다.

진유 무사는 미리 준비한 나무판을 깔고, 그 위에 불을 피우기 시작했다.

이런 상황에 불을 피우는 것이 쉬운 일이 아니었지만, 그는 어렵지 않게 불을 피웠다.

"대단하군요."

서우 무사는 표두 출신이기에, 그게 얼마나 어려운지 아는 듯했다. 저렇게 순수하게 놀라는 것을 보면 말이다.

"선배들에게 배운 솜씨입니다."

덕분에 우리는 이 추운 곳에서도 따뜻하게 데운 차를 마실 수 있었다.

그때 저 멀리서 누군가 다가왔다.

세 명으로 구성된 무리였는데, 두 명의 남성과 한 명의 소년이었다.

아…… 소년이 아니겠구나.

이 북해를 저런 구성으로 다니는 거라면 저 소년은 남장을 한 소녀겠군.

그들 중 가장 나이가 많아 보이는 이가 포권하며 정중하게 물었다.

그는 사십 대로 보였다.

"죄송합니다만, 모닥불의 온기를 빌릴 수 있겠습니까?"

그 물음에 우리는 서로 시선을 교환했고, 나는 고개를 끄덕였다.

서우 무사가 대답했다.

"그러십시오."

"감사합니다."

우리는 자리 한쪽을 비켜 주었고, 그들은 그곳에 자리 잡고 앉았다.

"따뜻한 차 한 잔 드시겠습니까?"

내 물음에 그들이 대답했다.

"주신다면, 감사히 마시겠습니다."

"팔갑아."

"네, 도련님."

팔갑은 그들에게 따뜻한 차를 따라 주었다.

"나도 한 잔 줘."

"네."

팔갑이 내 잔에도 차를 따라 주었고, 나는 먼저 차를 마셨다.

저들에게 안심하고 마셔도 된다는 것을 알려 주기 위함이었다.

그런 내 의도가 잘 전해졌는지, 그들도 순순히 차를 마시고 가져온 건량을 먹었다.

"날이 참 춥죠?"

그러자 우리에게 정중히 도움을 요청했던 이가 쓴웃음을 지으며 답했다.

"북해니까요. 그래도 왜인지 오늘은 날씨가 온순해서 편히 왔습니다."

그 말은 이전에 여기에 와 본 적이 있다는 의미.

그러고는 조심스럽게 내게 물었다.

"혹시 어디서 오셨는지 여쭤도 되겠습니까?"

"저희는 호북에서 왔습니다."

"그러시군요. 저희는 절강에서 오는 길입니다."

"절강이라면, 태호가 있는 곳이 아닙니까? 그곳의 경치가 참으로 절경이라고 들었습니다."

"제가 절강 사람이라서 하는 말이 아니라, 정말 멋진 경치입니다."

그렇게 이런저런 이야기를 나누었다.

그 와중에 남장한 것으로 추측되는 소녀는 한마디도 하지 않았다.

하지만 그 표정을 보니, 말하고 싶지 않아서 말하지 않는 게 아니었다.

아무래도 목소리 때문에 여자인 것을 들킬까 봐 말하지 않는 거겠지.

무림에는 한 가지 격언이 있다.

무림에서 여자, 노인, 그리고 아이를 만나면 조심하라는 격언이다.

그만큼 노약자가 살아남기 힘든 세계라는 의미기도 하다. 살아남은 여자, 노인, 그리고 아이는 강자라는 의미니까.

그 모습이 안쓰러워 그녀에게 말을 걸었다.

"소저께서는 북해빙궁에 가시는 길이십니까?"

"네?"

그녀는 당황한 듯 반문했다.

그 목소리에 내 추측은 확신이 되었다.

그 순간, 그녀와 함께 있던 두 무사의 기세가 살벌해졌다. 하지만 나는 개의치 않고 말을 이었다.

"제 호위에게 들으니, 십 년 만에 북해빙궁의 문이 열렸다고 하더군요."

"……."

잠시간의 침묵이 이어졌고, 그녀는 경계심 어린 목소리로 물었다.

"어떻게 아셨나요?"

"아무리 남장을 했다고 해도, 그거 알아보지 못하면 천하 백대상단의 이름이 울 겁니다."

은연중에 내가 천하 백대 상단 중 한 곳의 사람임을 밝히자 그제야 경계심이 줄어드는 게 느껴졌다.

"그리고 이 시기에 절강에서 여기까지 올 일이 얼마나 되겠습니까?"

그제야 이해가 간다는 듯 그녀가 고개를 끄덕였다.

"네, 맞아요. 북해빙궁으로 가는 길이에요."

"그렇군요."

그리고 말을 마치자, 그녀가 의아한 듯 반대로 물었다.

"왜 가냐고 물어보지 않으시네요?"

"북해빙궁에 가는 건, 북해빙궁의 제자가 되기 위해 가는 거 아닙니까?"

"그게…… 제가 북해빙궁에 간다는 것을 알게 되면 왜 북해빙궁의 제자가 되려는지 묻더라고요."

"뭔가 사연이 있으니까 가시는 것이 아니겠습니까? 게다가 아버지와 같이 가는 것 같은데, 아버지가 직접 북해빙궁까지 동행할 정도라면 함부로 묻지 않는 게 맞다고 생각합니다."

내 말에 중년인이 깜짝 놀란 듯 눈을 부릅떴다.

"어떻게 알았냐고요? 소저를 바라보는 눈빛 자체가 다른데 그걸 어찌 몰라봅니까?"

"……그렇군요."

그렇게 밤이 지나가고 있었다.

.

.

.

다음 날 아침.

우리는 자리를 정리하고 길을 떠날 준비를 했다.

그러자 어제 같이 쉰 중년인이 다가와 정중히 물었다.

"저, 송구하지만 동행해도 되겠습니까?"

우리의 목적지는 북해빙궁과 지근거리라고 생각되지만, 정확히는 어딘지 모른다.

"저희 목적지는 북해빙궁이 아닙니다. 그래서 중간에

갈라져야 할지도 모릅니다만, 그래도 괜찮으시다면 동행하셔도 됩니다."

"감사합니다. 그럼 동행하겠습니다."

그렇게 우리는 여정을 계속 이어 갔다.

"정말 바람이 잔잔하군요. 사실 이곳이 이렇게 바람이 잔잔한 곳이 아닌데 말입니다."

"그렇습니까?"

중년인의 말에 나는 그 말을 받아 주면서 살짝 의아한 생각이 들었다.

이게 잔잔한 거라고?

지금 우리 주변에서 부는 바람이 이렇게 거센데?

"마치 설풍궁의 제자와 함께 걷는 듯합니다."

설풍궁?

나는 그에게 물었다.

"설풍궁에 대해서 아십니까? 마교에 의해 멸문당했다고 들었습니다."

내 말에 그는 회한 가득한 표정으로 고개를 끄덕였다.

"압니다. 제 친우가 설풍궁의 제자였으니까요. 그리고…… 마교에 의해 멸문당할 때 같이 죽었습니다."

"이런…… 죄송합니다."

"아닙니다. 그래서 말인데…… 혹시 설풍궁과 관계가 있으십니까?"

그 말에 나도 모르게 순간 긴장하고 말았다.

하지만 너무 동요하는 모습을 보이면 이상하게 생각할

터, 애써 태연한 척하며 물었다.

"왜 그렇게 생각하시는지 여쭤봐도 되겠습니까?"

"이 북해의 바람이 이 정도로 잔잔한 것이 신기해서 말입니다. 제 친우와 함께 걸었을 때 이랬거든요."

"아마도 하늘이 저를 좋게 보나 봅니다."

나는 그의 질문에 순순히 긍정하지도, 부정하지도 못하고 적당히 얼버무렸다.

사부님께서는 설풍궁에 대해 되도록 숨기라고 하셨지만, 사부님께 태음빙해신공과 진설십이식검법 등을 배운 이상, 설풍궁과 관계가 없는 것은 아니니까.

그렇다고 그 관계를 부인하자니 사부님께 죄송스럽고.

그나저나 조심해야겠다.

이전에 설풍궁의 제자를 만나 본 적이 있는 사람이니만큼, 금령이도 알아볼 수 있을 터.

그렇게 우리는 점점 더 북해의 중심으로 향했다.

눈 쌓인 벌판을 달리는 기분은 뭔가 묘했다.

우리와 동행하는 소녀의 아버지가 말했다.

"사실, 북해는 설풍도 큰 난관이지만 간혹 나타나는 영물도 문제입니다."

"그러고 보니, 사냥꾼들에게 들었습니다. 나쁜 영물들이 있다지요?"

"맞습니다. 십여 년쯤 전부터 출몰하는 빈도가 확 올라갔습니다. 그래도 설풍궁이 건재했을 때는 좀 덜했는데 말이죠."

"그게 무슨 말씀이신지……."

"아, 제가 설명이 부족했군요. 원래 설풍궁은 북해빙궁과 같이 북해의 나쁜 영물들을 퇴치하는 일을 했었습니다. 검 한 자루로 북풍한설을 자유자재로 다룰 수 있었으니 영물들이 두려워했지요."

그의 설명이 이어졌다.

"지금은 북해빙궁에서 나쁜 영물들을 퇴치하는 것을 전담하고 있습니다만, 혼자서는 확실히 역부족인가 봅니다."

"그렇군요."

그때였다.

저 멀리서 웬 사람들이 우리를 향해 달려오고 있었다.

"살려 주세요!"

그리 외치는 이들은 피투성이였는데, 그 뒤를 하얀색의 표범이 뒤쫓고 있었다.

그걸 본 소녀의 아버지가 검을 빼 들며 외쳤다.

"붉은색 눈! 적안설표(赤眼雪豹)입니다!"

눈표범이라는 말이 딱 맞게 눈처럼 하얀색이었지만, 두 눈이 붉은색이었다.

그 말에 나는 말에서 내리며 말했다.

"나쁜 영물인 모양이군요."

"그렇습니다. 보통 설표는 눈의 기운을 먹고 삽니다만, 피를 탐하기 시작하면 저렇게 눈동자가 붉어집니다. 그때부터는 더는 신성한 동물이 아닙니다. 그저 마물일 뿐이죠."

그때 서우 무사가 말했다.

"이쪽으로 옵니다."

나 역시 은무검을 뽑아 들었다.

은무검이 설풍궁의 상징적인 검이긴 하지만, 사람에 따라 그 형태를 바꾸는 검이라고 하셨으니 여기서 쓰는 데에도 문제는 없다.

적안설표와 점점 가까워지기 시작했다.

그런데,

끼이이이이익—!

응?

방금 뭔가 급하게 멈춘 듯한 소리가 들렸는데?

끼이이익?

동물한테서 그런 소리가 날 수가 있나?

정말 급하게 멈춘 듯, 적안설표의 발바닥에서 연기가 모락모락 났다.

그러더니 꼬리를 말고 황급히 도망치기 시작했다.

아니, 당황스럽게 왜 그러지?

우리는 급히 정신을 차리고 그 뒤를 쫓았다.

이필 무사가 적안설표를 향해 암기를 던졌다.

암기가 제대로 박혔는지 놈의 속도가 점점 느려지기 시작했고, 서우 무사와 진유 무사가 적안설표를 향해 검기를 날렸다.

스윽—!

사아악—!

결국, 적안설표는 쓰러졌다.

도망치는 놈을 이렇게까지 쫓아가 죽일 필요가 있냐고 물을 수도 있을 터.

하지만 그건 영물에 대해 잘 모르기 때문에 할 수 있는 말이다.

영물은 아주 오랜 세월을 살아온 동물인 만큼, 집착이 무척 강하다.

한 번 찍은 사냥감은, 계속해서 지켜보다가 기회가 오면 사냥한다.

즉, 여기서 처리하지 않으면 언제고 사냥당할 수 있다는 의미.

우리는 적안설표의 시신을 태웠다.

그 가죽을 벗겨서 팔까도 싶었지만, 마물의 가죽은 재앙을 불러온다는 이야기가 있기에 관뒀다.

그사이 나는 쫓기던 이들에게 다가갔다.

"괜찮으십니까?"

"아, 네."

"도와주셔서 감사합니다."

고개를 숙이며 내게 감사를 표하는 소녀와 젊은 청년.

뭔가 닮은 것이 남매로 보였다.

"덕분에 살았습니다."

"북해빙궁으로 가시는 길인 모양입니다."

"그렇습니다."

청년이 고개를 끄덕이더니 조심스럽게 물었다.

"혹시, 어디에 가시는 길이십니까?"

그 물음에 대답한 이는 소녀의 아버지였다.

"저희는 북해빙궁으로 갑니다."

"아!"

청년이 얼른 포권하여 말했다.

"저, 죄송합니다만…… 저희를 호위하던 표국의 무사가 적안설표에게 당했습니다."

"저런……."

"그래서 말인데, 동행해도 되겠습니까?"

그 말에 소녀의 아버지는 나를 보았고, 나는 고개를 끄덕였다.

"그렇게 하시지요."

그렇게 다시금 길을 나섰고, 그 와중에 둘을 호위하여 왔다는 표사의 시신을 발견했다.

그리 멀지 않은 곳에서 잔혹하게 죽은 두 구의 시신을 보며 서우 무사가 안타까운 목소리로 말했다.

"풍주표국의 무사인 모양입니다."

청년이 대답했다.

"맞습니다. 저희를 구하려다가 그만……."

그들이 입은 옷이 낯이 익었다. 풍주표국이라면, 나도 알고 있는 곳이다.

"잠시 시간을 주실 수 있겠습니까? 저들의 시신이라도 태워 주고자 합니다."

"그렇게 하세요."

서우 무사 역시 표두였던 만큼, 남 일 같지 않은 듯했다.

표국과 관계가 깊은 나 역시 마찬가지 심정이었다.

아까 설풍으로 동사한 이들은 온전한 모습을 유지하고 있었기에 그대로 두었을 뿐이다.

하지만 이렇게 곳곳이 물어뜯기고 피가 낭자한 시체는 다른 짐승들을 부를 것이고, 그들에게 뜯어 먹힐 것이다.

그들의 시신에서 유품이 될 만한 것과 신분패 등을 챙긴 후 그 시신을 태웠다.

그리고 그 유골을 모아 한 통에 담고는 그것들을 청년에게 건넸다.

"돌아가시면, 이것들을 풍주표국에 전해 주십시오."

그 말에 청년은 입술을 깨물며 대답했다.

"알겠습니다."

죽은 표사들과 제법 친해졌던 모양이다.

그나저나 호위해 줄 표사들이 죽었으니 돌아갈 때가 문제겠군. 그렇게 넉넉해 보이지도 않고.

나는 그에게 은자를 건넸다.

"이건 돌아가실 때 표행비로 쓰십시오."

"아닙니다. 목숨을 구함받았는데 이런 것까지 받을 수는 없습니다."

"소협께서 무사히 돌아가셔야, 유골과 유품이 가족들에게 무사히 돌아갈 것 아니겠습니까?"

청년은 그제야 내가 준 돈을 받았다.

표국에서 표행 의뢰를 받을 때 표행비는 두 번에 걸쳐

지급했다.

출발하기 전에 반, 도착한 후에 반.

만약 도중에 일이 생겨 표행이 중단되면 표행비는 처음 지급한 것으로 끝난다.

그리고 이렇게 표사가 죽으면, 그 표사에게는 소정의 위로금만이 주어진다.

일부 악덕 표국에서는 표사의 가족에게 손해를 보상하라고 요구한다던데.

그렇게 우리는 다시 출발했다.

어쩌다 보니 일행이 다섯 명이나 늘어났다. 그들을 일별하자 진유 무사가 전음을 보냈다.

- 혹시, 저들이 주군의 일에 방해가 될까 걱정하십니까?

- 그건 아닙니다.

나는 작게 고개를 흔들었다.

- 제가 감당하지 못할 거였으면 처음부터 동행을 거절했을 겁니다.

애초에 그렇게 오래 같이 갈 것도 아니고.

별로 문제가 될 게 없었기에 작은 호의를 베풀었을 뿐이다.

- 너무 걱정하지는 마십시오. 이제 곧 북해빙궁의 초입입니다. 그곳에는 안내인들이 있습니다.

- 안내인이라고요?

- 그렇습니다. 북해빙궁의 초입까지 왔다는 건 입궁할

자격이 있다는 것을 증명했다는 의미니까요. 그리고 안내인이 없이는 북해빙궁에 들어가지 못합니다.

그 전음을 들으며 힐끔 옆을 바라보았다.

어젯밤 만난 소녀와, 방금 구해 준 소녀는 서로 친해져서 이런저런 이야기를 나누고 있었다.

재잘거리는 그 모습을 보니, 뭔가 기분이 묘했다.

잠시 멈추어서 점심을 먹은 후 다시 출발했다.

그렇게 다시 걷기를 몇 시진.

저 멀리 객잔이 보였다.

팔 층 정도의 높이에 달하는 거대한 객잔에 나는 고개를 갸웃할 수밖에 없었다.

이런 곳에 객잔이 있다고?

나뿐만 아니라 다른 이들도 어리둥절한 표정을 지었지만, 진유 무사와 소녀의 아버지만이 담담한 표정이었다.

"드디어 도착했군요."

"네?"

"저곳이 저희의 목적지입니다."

소녀의 아버지의 말에 여응암 무사가 물었다.

"저곳이 북해빙궁이라는 말씀이십니까?"

"아닙니다. 빙궁의 초입이라는 말이 맞겠군요. 저곳에서 잠시 쉬다가 안내인의 안내를 받아 빙궁으로 들어가지요. 그리고……."

그는 한숨을 내쉬듯 말했다.

"북해빙궁에서 남자들이 머물 수 있는 유일한 곳입니다."

그 말에 소녀는 그를 보았다. 이제 곧 헤어진다는 것을 알고 있다는 듯이 그 눈에는 석별의 슬픔이 가득했다.

그러면 여기서부터는 진짜 이별이구나.

곧 우리는 그 객잔에 도착했다.

[빙궁객잔]이라는 현판이 걸린 으리으리한 객잔이었다.

"어서 오세요."

우리가 도착하기 무섭게 정말 쌍둥이처럼 똑같이 생긴 두 명의 남자가 달려 나와 맞아 주었다.

"이곳까지 무사히 오셔서 다행입니다."

"말은 제게 맡겨 주시고 안으로 드시지요."

"저희는 북해빙궁으로 가는 게 아닙니다만, 그래도 이곳에 머무를 수 있습니까?"

내 질문에 그들이 선선히 대답했다.

"물론입니다."

"저희 객잔은 손님을 가리지 않습니다."

"손님이 아니면, 내쫓지만요."

그 물음에 나는 다시 물었다.

"손님이 아닌 자들은 누굽니까?"

"발정난 개 같은 자들이라든지, 피에 굶주린 이들은 손님이 아니지요."

그리 말하는 그들의 얼굴이 순간 살벌해졌지만, 이내 친절한 미소로 되돌아왔다.

"들어오시지요."

"손님이시라면, 북해에서 가장 안전한 객잔에 오신 것을 환영합니다."

흘깃 진유 무사를 보자, 그가 고개를 끄덕였다.

이곳에서 쉬어도 괜찮다는 뜻이겠지.

"그럼 여기서 쉬었다 갑시다."

우리 일행은 객잔 안으로 들어갔고, 이내 깜짝 놀랐다.

객잔 내부도 무척이나 고급스러웠기 때문이다.

그리고 청초한 백의를 입은 아름다운 여인들이 분주하게 이곳저곳을 돌아다니며 일을 하고 있었다.

하나같이 상당한 내공이 느껴지는 것을 보니, 다들 북해빙궁의 제자들이겠군.

"어서 오세요."

계산대 쪽에 앉아 있던 여인이 일어나 인사하며 우리를 응대해 주었다.

방값은 중원의 다른 객잔과 비슷한 수준이었다.

"그리고, 입궁하실 분의 방값은 받지 않습니다."

"그렇군요."

"마침 내일, 입궁하는 이들이 안으로 들어가는 날이니 함께 가시면 될 듯하네요."

그렇게 숙박 절차를 밟고 있을 때, 뒤에서 한 여인의 목소리가 들렸다.

"연랑?"

그 목소리에 소녀의 아버지가 그쪽으로 고개를 돌렸고, 우리의 시선도 그녀를 향했다.

상당한 미모의 여인.

이십 대 정도로 보이는 그녀를 향해 그는 떨리는 목소리로 대답했다.

"오랜만이구려."

"약속, 지키셨네요."

"그렇소."

그는 복잡한 눈빛으로 자신의 딸을 보며 말했다.

"인사하거라. 네 어머니다."

.

.

.

그날 밤.

나는 잠시 일 층으로 내려갔다.

다들 잠들어 있을 시간인데도 소녀의 아버지는 홀로 술잔을 기울이고 있었다.

"왜 따님과 계시지 않고요?"

"아."

누가 보면 쓸데없이 오지랖이 넓다고 할 수도 있지만, 이 정도는 상인으로서 지극히 당연한 일이다.

이렇게 생기는 작은 인연이 향후 큰 도움이 될 수 있으니까.

게다가 스스럼없이 말을 붙이는 것 역시 상인의 덕목이고.

그가 가볍게 한숨을 내쉬며 말했다.

"지금 어미와 함께 있을 겁니다."

"아까 뵈었던 분이 어머니라고 하셨죠?"

나는 그 앞에 앉으며 자연스럽게 이야기를 이어 갔고, 그가 고개를 끄덕였다.

"예, 제가 현이 엄마를 처음 만난 건 설풍궁에서였습니다."

아까 설풍궁의 제자가 친우라고 했으니, 그 시절인가 보군.

"설풍궁은 북해빙궁과 무척 긴밀한 관계였습니다. 그리고 북해빙궁에서 정기적으로 설풍궁에 파견을 나와 함께 이 근방을 순찰하곤 하죠."

"그렇군요."

"그때 서로 연모하게 되었고, 그 인연으로 현이가 생겼습니다."

"……."

"하지만, 알고 계시듯이 북해빙궁에는 다섯 살 미만의 아이들이 들어갈 수 없습니다. 그게 법도입니다."

"그래서 대협이 키우고 계셨군요."

"그렇습니다. 그리고 현이는 반드시 북해빙궁의 제자가 되어야 합니다. 그것이……. 법도이기에 이렇게 현이를 데리고 온 겁니다."

북해빙궁의 여인이 낳은 여아는 반드시 북해빙궁의 제자가 되어야 하는 법도가 있는 건가?

"그럼 그 아이는 이제 어머니를 처음 본 겁니까?"

"사실상 그렇습니다. 일 년 정도는 어미와 살 수 있지만, 그때는 아이가 기억할 수 있는 시기가 아니니까요. 일 년이 지나면 헤어져야 합니다."

너무나 비정한 법도에 솔직히 입맛이 썼다.

소속된 조직의 법도 때문에 자신이 낳은 아이를 떠나보내야 하는 그 슬픔은 창자가 끊어지는 것과 다를 바 없을 거다.

그나저나 의아한 것이 있다.

"그런데 보통 저렇게 어린 나이에 어머니를 처음 보게 되면 어색해하거나 낯을 가릴 텐데, 현이 소저에게서는 그런 기색이 없더군요."

"아, 그건……."

그가 미소 지었다.

"현이 엄마가 현이를 많이 아끼고 생각한다고, 사정이 있어 몸은 멀리 떨어져 있어도 언제나 현이를 그리워하고 있고 만나길 간절하게 원하고 있다고 늘 말해 주었기 때문일 겁니다."

정말 좋은 아버지시구나.

그 말에 나도 모르게 옅은 미소를 지었다.

근데, 문득 든 궁금증이 하나 있었다.

41장. 설풍궁의 흔적

설풍궁의 흔적

여아의 경우 북해빙궁의 제자가 된다지만, 남아의 경우
는?

그 의문은 상대가 시원하게 풀어 주었다.

"그래서 설풍궁이 있던 겁니다."

"네?"

"북해빙궁의 여인들이 낳은 남아들을 키우기 위해 세
워진 곳. 그곳이 바로 설풍궁이었습니다."

그는 부연 설명을 했다.

사랑의 결실로 태어난 아이인 만큼 아버지의 품에서 자
라는 이들도 있지만, 그렇지 않은 경우도 있다.

그럴 때 그 아이들을 양육한 곳이 설풍궁이었다.

아이들은 그곳에서 길러졌고, 여아들의 경우 북해빙궁
의 문이 열리면 제자로 들어간 것.

하지만 남아들의 경우에는 설풍궁에서 설풍궁의 제자
로 살게 되는 것이다.

"그리고 설풍궁의 제자가 된 남아들의 사연은 매우 다
양합니다. 아버지가 죽은 경우도 있고, 아버지가 누군지
모르거나 그 집안에서 부인하는 경우도 있었죠."

그 말을 듣자, 예전에 금령을 만나서 은무검을 얻었을
때 나를 공격했던 광인이 떠올랐다.

설풍궁의 유덕진.

그리고 그가 지니고 있던 서신의 내용.

[내가 일전에 일렀듯이 그 검을 내게로 가져와라.
그러면, 너를 내 아들로 인정해 주마.]

그래서 유덕진이라는 자가 은무검을 훔쳤던 거군.

자신을 부인했던 아버지에게 인정받기 위해서.

설풍궁이 마교에 의해 멸문당했다고 들었는데, 뭔가 조
금 더 복잡한 사정이 있을 것 같다는 직감이 들었다.

"그럼 설풍궁은 북해빙궁에서 세운 겁니까?"

"그건 아닙니다. 아주 오래전, 은퇴하신 무림맹의 맹주
께서 이런 사연들을 듣고, 설풍궁을 세우는 데 도움을 주
셨다고 합니다. 그땐 무력단체는 아니었다고 합니다."

그는 말을 이었다.

"그러던 중, 무공에 대한 재능이 뛰어난 분이 탄생했고

그분에 의해 설풍궁은 강한 무력단체로 성장했습니다. 하여 설풍궁에서는 그분을 조사로 모셨었죠."

그 조사라는 분이, 내가 일전에 발견했던 심득이 담긴 비급을 남기신 분이겠지.

"설풍궁에 대해 정말 잘 아시는군요."

"친우에게 이런저런 이야기를 들었었으니까요."

"아…… 그, 설풍궁이 멸문당했을 때 전사하셨다는 분 말입니까?"

"맞습니다."

"그런데 설풍궁은 한 십여 년 전에 멸문하지 않았습니까? 그럼 그동안 아이들은……?"

내 물음에 그는 머뭇거리다가 대답했다.

"제가 데리고 있습니다."

"네?"

"그 아이들, 제가 데리고 있습니다."

·

·

·

다음 날 새벽.

나는 아침 일찍 일어나 운기조식을 마무리했다.

그리고 느낀 것은 내가 익힌 태음빙해신공은 이곳 북해에서 만들어진 심법답게 이곳에 특화된 심법이라는 거다.

이전에 집에서 수련할 때보다 몇 배나 빠른 효율을 보

이고 있으니까.

상대적으로 겨울에 효율이 좋았던 것을 생각해 보면 추우면 추울수록 심법의 효율이 좋아지는 듯했다.

이런 북해에 특화된 무공과 북풍한설을 무기로 삼은 설풍궁을 도대체 어떻게 멸문시킨 거지?

하지만 이내 그 상념을 지웠다. 어차피 당장 알아낼 수 있는 게 아니니까.

운기조식을 하고 검술 수련까지 이어 가려고 하다가 포기했다.

혹시라도 수련하는 장면을 다른 북해빙궁의 제자들이 보거나 그 기운을 느낀다면 곤란해질 수 있으니까.

불필요한 오해를 살 일은 삼가야지.

수련도 하지 않을 건데 너무 일찍 일어났나 싶었다.

음?

그때 밖에서 분주한 기척이 느껴졌다. 그 가운데에는 어제 만났던 소녀들과 그 동행인들의 기운도 느껴졌다.

벌써 가는 건가?

일 층으로 내려가자, 많은 이들이 작별 인사를 나누는 모습이 보였다.

"몸 건강히, 잘 지내거라."

"네."

"힘들더라도 참고 견디거라. 가문이 네 손에 달려 있단다."

"알겠습니다."

"부디, 부디 몸조심하거라."

"이곳까지 호위해 주셔서 감사합니다. 저희 가문에서 나머지 비용을 지급할 겁니다."

"알겠소. 부디 잘 지내시오."

그렇게 석별의 정을 나누는 이들 가운데, 어제 만났던 이들 역시 인사를 나누고 있었다.

"아버지. 잘 지내셔야 해요. 그리고 아이들에게 잘 지내고 있으라고 전해 주세요."

"알겠다."

"연랑, 무사히 돌아가세요."

"다음에 또 만날 수 있겠지."

"그럼요."

"현이를 잘 부탁하오."

"걱정하지 마세요."

나는 고개를 돌려 다른 소녀를 보았다.

"오라버니."

"우리 걱정은 하지 말고, 잘 지내거라."

그 모습을 보자니, 뭔가 기분이 이상했다.

탕-!

그때 한 여인이 검집으로 바닥을 내리치며 말했다.

"그럼, 출발하겠습니다. 따라오십시오."

그들은 객잔을 나섰고 객잔 뒤쪽의 안개가 자욱한 곳을 향해 들어갔다.

"윽!"

"으윽!"

그녀들은 아무 문제 없이 안개 속으로 들어갔지만, 그녀들의 뒤를 따르던 남자들은 하나같이 막혀 버렸다.

마치 안개가 유형화된 것처럼 그들을 밀어냈기 때문이다.

"이게 그 소문의 안개인가?"

"아……."

그들은 하염없이 안개 너머를 바라보다가 하나둘씩 몸을 돌려 객잔 안으로 들어갔다.

그들의 뒷모습에서 온갖 복잡한 감정들이 느껴졌다.

그나저나 안개가 사람을 밀어내다니 도대체 무슨 조화지?

하여 슬쩍 안개에 손을 대 보았다.

스윽,

응? 이상하네.

분명 다른 남자들을 밀어냈던 안개였지만 내 손에는 그어떤 저항감도 느껴지지 않았다.

그때 뒤에서 팔갑의 목소리가 들렸다.

"여기서 뭐 하십니까요? 도련님?"

"아! 팔갑아."

나는 팔갑을 불렀고, 안개를 가리켰다.

"여기에 손을 대 봐."

"……?"

팔갑은 고개를 갸웃했지만, 내 말대로 안개에 손을 대 보았다.

탁,

"으잉? 이, 이게 뭡니까요? 여기 앞에 아무것도 없는데 왜 제 손이 막힌 겁니까요?"

"……."

"으미! 신기한 거!"

나도 남자인데, 왜 내 손은 막지 않은 거지?

하지만 이 일을 떠벌여서 좋을 것이 없다는 생각에 조용히 미소 지으며 말을 돌렸다.

"이 너머가 북해빙궁이니까, 남자들의 출입을 막기 위해서였겠지."

우리는 다시 객잔으로 들어갔고, 객실에서 가벼운 기초 수련을 한 뒤 아침을 먹기 위해 일 층으로 내려왔다.

이제 사부님이 말씀하신 설풍궁의 흔적을 찾으러 가야 하니까.

"좋은 아침이네요."

우리가 적당한 곳에 자리 잡고 앉자, 점원이 주문을 받았다.

"무엇을 드릴까요?"

"아침으로 가볍게 먹을 만한 게 있을까요?"

"그렇다면 연두부로 만든 요리가 적당할 것 같네요."

"그럼 그걸로 주십시오."

음식을 주문하자 팔갑이 한숨을 내쉬며 말했다.

"또 그 눈길을 가야 하는 거군요."

"가야지. 그것 때문에 여기까지 온 건데."

"들어 보니까, 이곳의 바람이 무지하게 거세다고 합니다요. 지금까지는 잘 왔는데 앞으로는 어찌 될지 모르니 걱정입니다요."

"너무 걱정하지 마. 어떻게든 잘 갈 수 있겠지."

"설풍궁인가 하는 그곳의 제자들이 부럽습니다요. 설풍을 다스린다고 하니까 말입니다요."

그 말에 반박한 건 우리에게 주문을 받은 여인이었다.

"어머, 그건 아니에요."

"네?"

"설풍궁의 이들이 설풍을 다스릴 수 있는 건 맞지만, 모두가 그런 건 아니고 설풍궁주와 그 직계만이 그런 권능이 있었죠."

"아, 그렇습니까?"

그때 주방에서 그녀를 부르는 바람에 대화가 끊겼다.

"아! 대협."

"좋은 아침입니다."

어제 만나 동행했던 자들이 내려왔다.

소녀의 아버지와 그 일행이었던 젊은 남자, 그리고 소녀의 오라버니였다.

뭔가 쓸쓸해 보였는데, 특히 혼자인 소녀의 오라버니는 더더욱 쓸쓸해 보였다.

하여 나는 그들에게 합석을 권했다.

"괜찮으시다면 식사라도 같이 하시지요."

"감사합니다."

그들도 같은 식탁에 앉아 음식을 주문했고, 소녀의 오라버니가 먼저 입을 열었다.

"다들 잘 쉬셨습니까?"

"네. 잘 쉬었습니다."

"저…… 제 이름은 한재익이라고 합니다."

상대방이 이름을 밝혔으니, 나 역시 이름을 밝혀야겠지.

"저는 은서호라고 합니다."

내 인사에 소녀의 아버지 역시 이름을 밝혔다.

"제 이름은, 염진연입니다. 그리고 여기 옆은 제가 인연이 있어 데리고 다니는 녀석입니다."

그는 조용히 고개를 숙여 인사했다.

"그나저나, 제 동생이 걱정입니다. 북해빙궁에서의 수련이 무척 고되다고 하던데…… 잘 견딜 수 있을까요."

한재익 소협의 말에 염진연 대협이 위로하듯 말했다.

"북해빙궁도 사람이 사는 곳이네. 너무 비정하게는 하지 않으니 걱정하지 않아도 되네."

"그렇다면 다행입니다. 부디 잘 견디기를……."

"걱정이 많아 보이시는군요."

"예, 여동생은 본인이 원해서라기보다는 어쩔 수 없는 상황이라서 들어간 것이거든요."

"그게 무슨 말씀이신지?"

내 물음에 그는 깊은 한숨을 내쉬며 말했다.

"사정이 좀 복잡합니다만, 제가 여동생을 데리고 이곳까지 온 이유는 여동생을 두고 혼사가 오가고 있기 때문입니다."

"혼사라면 좋은 일이 아닙니까?"

"일반적인 혼사가 아니라서 그렇습니다. 저희 가문 인근에 유력 가문이 하나 있는데, 그곳의 장주가 제 여동생을 아홉 번째 부인으로 삼기 위해 매파를 보내려고 한다는 말에 다급하게 떠나온 겁니다."

"아홉 번째 첩이 아니라 부인이요?"

"예, 부인은 맞습니다. 문제는 이전의 부인들이 모두 죽었다는 겁니다."

"여덟 명 모두 다 말입니까?"

"예, 대부분 의문스러운 죽음이었는데 결국 자살로 결론이 났습니다."

"……."

우리는 그제야 무슨 상황인지 이해가 갔다.

"그럼 한 소협의 집안이 위험할 수도 있는 것 아닙니까?"

"그렇다고 하더라도 부모님께서는 차라리 이게 낫다고 말씀하셨습니다."

딸이 살해당하고 원통함을 안고 사는 것보다 좀 핍박을 받더라도 딸을 북해빙궁에 입궁시키는 것을 선택한 것이다.

그 상황이 안쓰러웠다.

세상은 왜 착하게 잘 살고자 하는 이들을 가만 놔두지 않는 것인지.

"소협의 가문은 어디에 있습니까?"

"저는 하남에서 왔습니다."

풍주표국이 하남 쪽에 위치해 있으니, 집에서 출발하면서 바로 계약을 했나 보군.

하남은 호북과 멀지 않기에 작은 배려를 베풀었다.

"혹시라도, 더 이상 견디지 못하겠다고 생각되신다면 은해상단으로 찾아오십시오. 일거리 정도는 드릴 수 있습니다."

"감사합니다. 유념하겠습니다."

내가 구해 준 이가, 다른 자의 손에 의해 곤란을 당하는 건 왠지 자존심이 상했으니까.

염 대협이 그에게 말했다.

"그나저나…… 집에 돌아가는 것이 문제겠군. 여기서 하남까지는 그리 안전한 길이라고 하기 힘드니."

"저도 그게 걱정입니다."

"그렇다면 의뢰를 마친 표사들에게 한 번 제안을 해 보게나. 사실 개인적인 의뢰를 받는 건 금지되어 있지만, 어차피 돌아가는 길이니만큼 저들에게도 나쁜 제안은 아닐 테니."

그는 말을 이었다.

"그리고 하남까지는 안 된다고 해도 중간에 큰 도시에 들를 수 있다면 거기서 의뢰를 할 수 있을 테니까."

"그게 좋겠군요. 조언 감사합니다."

그쯤에서 식사가 나왔고, 우리는 식사를 마치고는 각자 객실로 올라갔다.

다들 분주하게 짐을 챙겼고, 나는 잠시 염 대협의 객실로 향했다.

"대협, 저 은서호입니다."

"아, 편히 들어오십시오."

내가 안으로 들어가자, 염 대협 역시 짐을 챙기는 중이었다.

"잠시 이야기 좀 할 수 있을까요?"

내 물음에 그는 고개를 끄덕이고는 같이 있던 청년에게 말했다.

"잠시 밖에서 쉬고 오거라."

"네."

그는 순순히 바깥으로 나갔고, 염 대협은 내게 자리를 권했다.

"무슨 일 때문에 그러십니까?"

"어제 그러셨죠. 북해빙궁의 여인들이 낳은 아이들을 맡아 기르신다고."

"아, 그랬죠."

"그래서 말인데, 재정적인 건 어떻게 해결하십니까?"

"개인적으로 의뢰를 받거나 후원을 받는 것으로 충당하고 있습니다."

"혹 추가적인 후원은 필요 없으십니까? 제가 조금 힘을 보태고 싶습니다."

내가 볼 때 아마도 염 대협이 말하는 후원자는 사부님일 거다.

아까 대화를 들으며 확신했다.

염 대협이 말했던 친우가 사부님이라고.

우선 염 대협이 친우의 죽음에 대해 말할 때 너무 평온한 모습이었다. 설풍궁에 대해 그렇게 자세히 알 정도면 막역한 사이였을 텐데.

그리고 설풍을 다스릴 수 있는 것은 설풍궁의 직계 한정.

사부님께서는 진설십이식검법은 가전무공이라고 하셨다. 문파의 무공이 아닌, 가전무공이라는 건 즉, 직계만이 익힐 수 있다는 의미.

그것들을 종합해서 나온 결론이다.

사부님께서는 멸문한 설풍궁의 살아남은 직계이며, 그 친우가 염진연 대협이라는 것.

그리고 사부님의 생존을 알리지 않기 위해 일부러 죽었다고 말하고 있다는 것도.

아무튼, 나 역시 설풍궁의 무공을 배우는 제자 된 도리로서 후원해야 한다고 생각한다.

엄밀히 따지면 염 대협이 맡아 기르는 이들은 내 사형제라고 할 수 있으니까.

돈이 없는 것도 아닌데 말이지.

"갑작스럽게 후원을 말씀하시니 당황스럽군요. 물론

후원은 감사합니다만, 그 연유를 여쭤봐도 되겠습니까?"

"그냥…… 사정을 듣고 그 아이들이 안쓰러워서라고 생각해 주십시오."

그는 잠시 고민하더니 고개를 끄덕였다.

"사정이 좋은 것도 아니니 거절할 수가 없군요. 감사히 받아들이겠습니다."

나는 곧바로 전표를 꺼내어 내밀었고, 그는 그 전표를 보고는 깜짝 놀랐다.

"저, 정말…… 이 거액을 후원하신다는 겁니까?"

그 물음에 나는 고개를 끄덕였다.

"네, 아이들이 아버지의 부재를 느끼지 않도록 잘 부탁드립니다."

가끔 생각하곤 한다.

궁주의 검, 은무검이 사라지지 않았다면 설풍궁은 멸문하지 않았을지도 모른다고.

어제 본 염 대협의 모습이라면 다른 아이들도 염 소저처럼 행복하게 잘 기르고 있겠지.

그런 복잡한 기분을 억누르고는 말을 이었다.

"돌아가면, 또 후원하도록 하죠. 제가 돈이 좀 많거든요."

염 대협의 진심 어린 감사 인사를 받으며 그의 방을 나왔다.

이제 출발해야 할 시간이다.

내 방으로 돌아오자 이미 팔갑은 출발 준비를 마친 상태였다.

"가자."

우리는 객잔을 나섰다.

따뜻한 객잔을 떠나 다시 눈 섞인 바람이 불어오는 밖으로 나가려니 뭔가 한숨이 나왔다.

가자, 가야지. 사부님의 의뢰를 완수하러.

의뢰받은 곳이라면 어디든 가는 표국 사람들이 대단하다는 생각이 들었다.

"주군, 이제 어디로 가야 합니까?"

북해의 지리에 밝은 진유 무사가 물었고, 나는 사부님의 말씀을 떠올리며 말했다.

"서쪽으로 쭉 가다 보면 거대한 설산이 나오는데, 그 설산이 성인 크기 정도로 보이기 시작하면 오른쪽으로 방향을 틀라고 하셨습니다."

아무래도 사부님도 직접 보신 게 아니라 흑적의선에게 전해들은 것이기에 조금 두루뭉술했다.

하지만 이 정도면 조금 발품을 팔면 찾을 수 있을 것 같았고, 내가 못 찾을 것 같았으면 사부님께서 나를 보내지도 않았겠지.

그나저나, 흑적의선은 왜 이곳까지 오신 거지? 그분도 이곳과 관련이 있나?

그런 의문을 품은 채 한 시진 정도를 가다 보니, 설산이 보이기 시작했다.

그 설산이 성인 남자 크기 정도로 보였을 때 우리는 오른쪽으로 방향을 틀었다.

그렇게 가다 보니 문득 드는 직감.

이 앞에 무언가가 있다.

하지만 위험하거나 불길한 느낌은 아닌…… 뭐랄까, 저 앞에 있는 뭔가가 나를 끌어당기는 느낌?

하여 나는 망설임 없이 나아갈 수 있었다.

그렇게 방향을 틀어 한 시진 정도 나아갔다.

곧 우리는 목적한 곳에 당도했다.

하지만 그곳에는 아무것도 없었고, 적잖게 당황스러웠다.

"여기가 맞습니까요?"

팔갑의 물음에 나는 고개를 끄덕였다.

"응. 여기인 것 같은데? 여기 맞아."

나를 끌어당기는 느낌은 이곳에 뭔가 있다고 말하고 있었다.

한편, 진유 무사는 말안장에서 막대를 꺼내 그걸 조립하기 시작했다.

그리고 장대로 눈 속을 푹푹 찔러보기 시작했다.

"왜 눈을 찌르는 겁니까?"

이필 무사의 물음에 진유 무사가 대답했다.

"이곳 북해는 설풍으로 인해 지형이 계속 바뀝니다. 하여 눈에 파묻힌 것을 찾을 때 이런 장대가 유용합니다. 눈사태로 파묻힌 사람을 찾을 때도 마찬가지죠."

그걸 왜 가지고 왔나 싶었는데 이유가 있었구나.

잠시 후,

"여기 뭔가 있는 것 같습니다."

진유 무사가 한 곳을 가리켰고, 우리는 그곳의 눈을 파 내려가기 시작했다.

곧 우리는 사부님이 말씀하신 '설풍궁의 흔적'을 찾을 수 있었다.

"여기 같네요."

"엄청 큰 바위입니다요."

팔갑의 말에 모두 고개를 끄덕였다. 팔갑의 키와 비슷할 정도의 바위였다.

사실 속으로 조금 의아했었다.

흑적의선도 찾은 설풍궁의 흔적을 어째서 사부님은 찾지 못했는지.

북해빙궁의 객잔에서 그리 멀리 떨어진 곳도 아니고.

하지만 이제 그 의문이 풀렸다.

설풍으로 인해 눈이 날리고 지형이 바뀐 탓에 눈 속에 파묻혀 있던 거다.

그러다가 흑적의선이 이곳을 지날 때 우연히 모습을 드러냈던 것이고.

바위에는 한 구절의 글귀가 적혀 있었다.

[눈과 바람의 후인이여, 자격을 증명하라]

그것을 본 나는 사부님의 말씀을 떠올렸다.

설풍궁의 흔적이 맞다면, 설풍궁의 무공에 반응할 거라는 말씀.

"잠시, 물러나 주세요."

나는 그리 말하고 바위 앞에 섰다.

차분히 심호흡을 하고는 은무검을 뽑았다.

스르릉.

"주군, 갑자기 검은 왜……?"

"자격을 증명해야 한다고 했으니까요. 아마 제가 익힌 검술을 보이면 되지 않을까 싶어서요."

"일리가 있습니다. 그러면 주군께서 익히신 검술을 처음부터 끝까지 펼치셔야겠군요."

여응암 무사의 말에 순간 멈칫했다.

진설십이식검법은 검술의 이름대로 열두 개의 초식으로 이루어져 있다.

하지만 나는 아직 열 번째 초식인 설붕까지만 익힌 상태였다.

누구보다 그걸 잘 알고 계신 사부님께서 나를 보내신 건 나에게 그 자격이 있기 때문일 터.

그렇다면…….

나는 생각을 바꾸어 내공을 끌어 올리고는 바위에 손을 가져다 댔다.

그 순간, 바위가 진동하기 시작하더니 뭔가 익숙한 구결들이 새겨지기 시작했다.

"……!"

진설십이식검법 중 여덟 번째 초식인 일점현빙의 구결.

그리고 그 아래에 생긴 구멍 하나.

무슨 뜻인지 알 것 같아서 씨익 웃었다.

그리고는 다시 천천히 내공을 끌어 올리며 일점현빙의 초식에 맞게 검을 움직였다.

그리고 마지막에 집중해서 일격필살의 마음으로 구멍에 검을 찔러 넣었다.

찰칵.

그 순간, 뭔가 기관장치가 움직이는 듯한 소리가 들렸고 시야가 바뀌었다.

"……."

여기는 어디지?

조금 전까지만 해도 눈 쌓인 벌판의 커다란 바위 앞이었는데, 지금은 커다란 공동 안이었다.

팔갑은 물론, 호위무사들도 보이지 않았다.

"꾸이?"

내 소매 안에서 금령이 얼굴을 쏙 내밀었다.

"아, 너는 함께 왔구나?"

"꾸이! 꾸이!"

"여기가 어딘지 혹시 아니?"

사실 별 기대는 하지 않고 물었지만, 내 물음에 금령은 연신 고개를 끄덕였다.

"어? 여기가 어딘지 안다고?"

"꾸이!"

바닥으로 폴짝하고 내려 온 금령의 꼬리가 요동치고 있

었다. 보통 금령의 기분이 좋을 때 꼬리가 격렬하게 흔들리던데.

예를 들어 은자나 금자를 줬을 때?

그럼 혹시?

나는 공동 정면으로 보이는 길을 걸어 나갔다.

길은 일직선이었고, 일각쯤 걸었을까.

저 앞에 빛이 보였다.

"……!"

산더미처럼 쌓여 있는 금은보화의 모습.

역시, 금령이 격렬하게 꼬리를 흔든 이유가 있었다.

나는 조심조심 그곳으로 다가갔다. 혹시 모를 함정이 있을 수도 있었으니까.

여기까지 와서 무슨 함정이냐고 할 수도 있겠지만, 그래도 세상일은 모르는 거다.

그리고 그 금은보화에 가까이 다가간 나는 긴장할 수밖에 없었다.

그곳에 놓여 있는 봉투에 [두 번째 삶을 사는 후인에게]라고 적혀 있었기 때문이다.

그건 나에게 전하는 서신이 분명했다.

나처럼 두 번째 삶을 사는 이가 아예 없다고는 말할 수 없겠지만, 그 사람이 하필 설풍궁의 무공을 익히고 있을 확률이 얼마나 될까?

나는 침을 꿀꺽 삼키고는 봉투를 뜯어보았다.

툭,

그 안에는 투명한 수정 비슷하게 생긴 구슬을 은사로
엮어 만든 수술이 있었다.

아마 검에 다는 장식품인 듯했다.

그것은 일단 놔두고 안에 동봉된 서신을 꺼내 펼쳤다.

[두 번째 삶을 사는 이여, 나의 후인이여. 이 서신을 보
는 날을 기다렸노라]

그 문장을 보자, 꿈에서 보았던 의문의 미남자가 떠올
랐다.

이것을 나에게 전하려고 이곳에서 기다리겠다고 한 것
인가?

[설풍궁은 갈 곳 없던 나에게 따스함을 알려 준 곳이며
북해빙궁은 어머니의 문파. 나는 북해빙궁을 지키고 설
풍궁을 발전시키기 위해 맹주님의 도움을 받아 태음빙해
신공을 만들었고, 설풍궁의 무공의 기틀을 세웠다]

이 문장으로 확신했다.

이 서신을 쓴 분은 설풍궁의 조사로 추앙되는 분이라고.

설풍궁의 조사의 어머니 역시 북해빙궁의 제자였구나.

[어느 날, 나는 설풍궁의 최후를 보았다. 설풍궁의 모
든 것이 무너지는 것을 보며 피눈물을 흘렸다. 하지만 낙

담하고만 있을 수는 없는 노릇, 나는 그 천기를 바꾸기로
했다.]

　음? 설풍궁의 멸문을 미리 알고 있었다고?
　그리고 천기를 바꾼다고?

　[그래서 내 남은 수명을 대가로 나와 연이 닿아 있는
이에게 두 번째 삶을 주기로 했다. 나와 같이, 남자이면
서 현룡성체를 가진 이에게.]

　"……."
　나는 입술을 깨물었다.
　그 말은 즉, 내게 두 번째 삶을 준 자가 설풍궁의 조사
라는 의미다.

　[후인이여, 그대에게 준 두 번째 삶이 의미가 있다면,
이 재물들로 설풍궁을 재건해 주기를 바란다.]

　내 두 번째 삶이 의미가 있냐고?
　당연히 의미가 있다.
　덕분에 무림맹과 백천상단에 대한 복수를 꿈꿀 수 있게
되었으니까.
　그나저나 설풍궁을 재건해 달라니.
　한 문파를 운영하는 것도 보통 일이 아니지만 무너진

문파를 재건하는 건 몇 배로 더 힘든 일이다.

그때 내 눈에 다음 구절이 들어왔다.

[내 비록, 그대에게 두 번째 삶을 주었지만 그래도 무너진 설풍궁을 재건하는 것이 얼마나 힘든 일인지 알기에 그대에게 세 가지를 남긴다. 그대에게 도움이 되기를 바란다.]

세 가지라…….

[우선 하나는 서신과 동봉한, 검에 다는 수술이다. 빙정으로 만든 것이니만큼 내공에 도움이 될 것이니라.]

나는 내 손의 수술을 보았다. 이게 빙정으로 만든 것이라고?

[다른 하나는 내가 모은 보화 중 삼분지 일이다]

나는 내 눈앞에 쌓인 어마어마한 양의 금은보화를 보았다.

이거라면, 뭐…… 해 볼까?

솔직히 나도 내가 설풍궁의 무공을 익힌 제자라는 것을 당당하게 밝히지 못하니 답답해서 미칠 것 같긴 하다.

나도 이런데 사부님께서는 얼마나 힘드실까?

아무튼, 나에게 손해가 아닌 제안이다.

[마지막 하나는 진설십이식검법의 비급이니라. 비급이 있는 위치는…….]

현재 진설십이식검법의 열 번째 초식을 배우고 있는 나에게 별 감흥이 없었다.

[후인이여, 설풍궁의 존속은 그대에게 달렸으니 부디 내 청을 거절하지 않기를 바라노라.]

그렇게 서신은 마무리되었다.

그나저나 다시 생각해도 놀랍다.

분명 서신에는 '두 번째 삶을 사는 이'라고 적혀 있었다. 그 말은 즉, 내가 이곳에 올 것을 미리 알고 있었다는 이야기가 된다.

참 소름 돋을 정도로 정확한 안배였다.

조사님께 감사드려야겠지.

그 목적이 어떻든 간에 덕분에 나는 두 번째 삶을 살게 되었으니까.

사실 그동안 나는 내가 어떻게 죽음에서 되돌아와 두 번째 삶을 살게 되었는지에 대해 의문이 들곤 했다.

아무리 생각해도 말이 안 되는 일이었으니까.

하지만 이제 그 이유를 알게 되었으니, 마음이 편해졌다. 물론 조사님이 내 어깨에 올린 부탁이 있기는 하지만.

그러면 이제 이곳의 보물을 챙겨야겠지.

나는 내 주머니에서 단계석으로 만든 벼루를 꺼내어 비밀 창고를 열었다.

그리고 그 안에 보물들을 담기 시작했다.

그냥 놔두고 사부님께 알려 드릴까 했지만, 그냥 이렇게 챙겨 가서 전해드리는 게 나을 것 같았다.

바쁠 텐데 이 험한 곳까지 오시게 하는 것도 그렇고, 혹시나 그사이에 없어질 수도 있으니까.

"꾸이⋯⋯."

그때 금령이 나에게 다가오더니 앞발로 내 다리를 툭툭 쳤다.

그리고 눈을 반짝이며 나를 바라보았다.

"꾸이⋯⋯ 꾸."

금령이 뭐라고 하는지 알 것 같았다. 지금 금령은 나에게 금자 하나만 달라고 애교를 부리는 거다.

그래, 뭐.

금령이도 먹고 살아야 하니까.

나는 금자 하나를 금령에게 내밀며 말했다.

"자, 여기 네 몫이다."

"꾸이! 꾸이!"

금령은 금자를 덥썩 물더니 이내 꿀꺽 삼켰다. 꼬리가 부르르 떨리는 것이 참 귀여웠다.

그렇게 안에 있던 모든 금은보화를 싹싹 긁어서 비밀 창고에 넣었다.

"이제 나가 봐야겠지."

하지만 아무리 주변을 살펴봐도 출구 같은 건 전혀 보이지 않았다.

뭐지? 나보고 그런 부탁을 했는데 출구가 없다고?

나는 다시 자세하게 주변을 살폈다.

왔던 길을 되돌아가 보기도 했고, 벽을 샅샅이 관찰하기도 했다.

심지어 들어왔을 때처럼 내공을 끌어 올려 벽을 만져보기도 했다.

그러나 출구 같은 건 전혀 보이지 않았다.

아니, 대체 어떻게 나가라는 거야?

나는 한숨을 내쉬며 금령에게 툭 하고 물어봤다.

"금령아, 여기는 대체 어떻게 나가야 하는 거냐? 혹시 넌 아니?"

내 물음에 금령은 고개를 끄덕였다.

"응? 안다고?"

"꾸이! 꾸이!"

그리고 내 소매 안으로 쏙 들어가더니, 내 소매 안에 넣어 놨던 비급을 물고 나왔다.

그건 진설십이식검법의 비급이다.

조사님께서 나에게 선물로 주신 것이니만큼, 당연히 챙겨야 한다는 생각에 챙긴 것이다.

금령은 그걸 바닥에 내려놓고 비급을 펼쳤다.

설마?

내가 이곳에 올 것을 알고 계셨던 조사님께서 내가 진

설십이식검법을 익힌 것을 몰랐을까?

아니, 알고 계셨을 거다.

아마 내가 열 번째 초식까지 배웠다는 것도.

그렇다면 나에게 이 진설십이식검법 비급을 주신 이유
가 있겠지.

이곳에 똑똑 떨어진 물이 모아져 있는 옹달샘과 그 옆
에 벽곡단이 있다는 것이 기억났다.

그것들이 이곳에 있는 이유가 뭐겠는가?

그러니까…… 이걸 전부 익혀야 나갈 수 있다는 거다.

나는 비급을 집어들며 한숨을 내쉬었다.

그나저나 이걸 전부 익히려면 얼마나 걸리려나?

갑자기 나 혼자 사라졌으니, 팔갑이나 호위들이 얼마나
걱정하고 있을까.

마음이 급해지긴 했지만, 차분히 마음을 가라앉혔다.

무공을 익힐 때 조급함은 금물이다.

자칫하다가 주화입마에 빠질 수도 있기 때문이다.

"그래, 뭐, 해 보자."

그래도 오래 걸리지는 않겠지. 이미 나는 열 번째 초식
까지, 아니 모든 초식을 다 익혔으니까.

그러나 그건 내 착각이었다.

.

.

.

음?

뭔가 이상한 느낌에 고개를 들었다.

주변은 눈이 쌓인 허허벌판이었다.

꿈인가?

분명히 공동 안에서 비급을 읽고 있었는데?

그때 뒤에서 누군가의 목소리가 들렸다.

"왔나?"

"……?"

뒤를 돌아보자, 전에 꿈에서 봤던 미남이 나를 보고 있었다.

"혹시 조사님이십니까?"

내 물음에 그는 고개를 끄덕이며 말했다.

"검을 들어라."

"네?"

"검을 들어 강설을 펼쳐라."

그 말에 나는 고개를 갸웃했지만, 이유가 있을 터이니 순순히 그 앞에서 검을 뽑아 첫 번째 초식인 강설을 펼쳤다.

하지만 그는 내 검술을 보고는 얼굴을 찌푸렸다.

"허, 뭐냐? 그 엉성한 검법은?"

"……네?"

나는 당황할 수밖에 없었다.

그러니까 지금 내 검법이 엉망이라는 의미니까.

분명 강설은 내가 가장 자신 있는 초식인데?

첫 번째 초식인 만큼 가장 많이 수련했을 뿐만 아니라 모든 초식을 다 배운 덕에 그 진의를 알고 있기도 했으니까.

또한 사부님께서도 훌륭하다고 인정해 주셨고.

그런데 정작 조사님은 내 강설 초식을 보자마자 얼굴을 찌푸리며 영 못마땅한 표정으로 고개를 절레절레 흔드니 당황스러울 수밖에.

"이게 아닙니까?"

"아니다."

"동작은 틀림없습니다만? 조사님께서 주신 비급과 똑같습니다."

"동작은 똑같겠지. 하지만 그 진의를 온전히 담지 못하는데 껍데기가 똑같다고 그게 강설이겠느냐?"

"……."

그의 말에 궁금증이 생겼다.

"그럼 진짜 강설은 어떤 겁니까? 제가 본 적이 없는데 그 진의를 어찌 담겠습니까?"

내 말에 조사님은 고개를 끄덕였다.

"그래, 네 말이 맞구나. 백 번 말하는 것보다 한 번 보여 주는 편이 좋겠지."

그리 말씀하신 조사님이 가볍게 손짓하자, 내 손에 들려 있던 검이 어느새 조사님의 손에 들어가 있었다.

그런데 그 모양이 내가 들고 있을 때와 사뭇 달랐다.

"은무검의 모양이 바뀌었습니다."

"이 검은 원래 정해진 형태가 없다. 그 주인에게 가장 잘 맞는 형태를 할 뿐이니라. 그래서 이름이 은무검이지."

형태가 없는 안개와 같은 검이기에 은무검이라는 이름이 붙은 것이다.

또한 그렇기에 안개를 다스릴 수 있는 것이겠지.

"그럼, 잘 봐라."

"......!"

그가 검을 든 순간, 나는 오싹함을 느꼈다.

그리고 최근 들어 느끼지 못했던 추위라는 것을 느꼈다.

살을 에는 듯한 추위.

아......

눈이 오기 시작했다.

조사님의 움직임에 따라 흩날리는 검기는 그 자체가 한겨울에 내리는 눈과 같았다.

강설의 초식이 끝나고서야 나는 정신을 차릴 수 있었다.

그리고 다시 한번 놀랐다.

내 주변이 온통 초토화되어 있었기 때문이다.

"......"

"이게 바로, 강설이니라."

강설이라는 초식이 생각보다 패도적인 초식이라는 건 알고 있었지만, 이 정도는 상상하지 못했다.

"강설이란 주변을 강제적으로 겨울로 만드는 것이자, 동시에 계속해서 싸울 수 있는 기반을 마련하는 것이다. 알다시피 태음빙해신공은 주변 기온이 낮을수록 효율이 좋으니까."

"그렇긴 하죠."

"사막에서도 싸울 수 있도록 말이지."

조사님은 씨익 웃었다.

"그리고 검기로 조져 버리는 거다."

"……."

뭔가 조사님의 성격이 범상치 않게 느껴지는 건 내 착각일까?

·

·

·

눈을 뜨자, 나는 다시 아까의 공동으로 돌아와 있었다.

꿈이었나?

고개를 내려 보자, 어느새 내 손에 은무검이 다시 쥐어져 있었다.

한번…… 해 볼까?

나는 자리에서 일어나 꿈에서 보았던, 조사님이 보여 주셨던 강설을 떠올렸다.

그 기억을 되새기며 천천히 검을 움직였다.

·

·

·

드디어 강설의 진의를 초식에 담을 수 있게 되었다.

"이걸로 되었습니까?"

내 물음을 비급이 들었나?

비급의 첫 번째 초식이 적혀 있던 부분이 마치 모래가 바람에 흩어지듯 사라졌다.

설마…….

모든 초식을 다 익히면 이 비급이 사라지는 건가?

그 순간, 눈앞이 핑 돌았다.

"음?"

나는 다시금, 눈 쌓인 허허벌판에 서 있었다. 그리고 내 앞에 조사님이 서 계셨다.

"또 뵙네요."

"그 말은 즉, 네가 강설을 완벽하게 익혔다는 의미겠지. 한 번 보자."

그 말에 나는 즉시 강설의 초식을 펼쳤고, 조사님은 고개를 끄덕였다.

"뭐, 그럭저럭 볼 만하구나."

아, 네.

넘어가 주셔서 다행이네.

"저 혹시, 제가 진설십이식의 모든 초식을 완벽하게 익혀야 동공에서 나갈 수 있는 겁니까?"

내 물음에 그는 미소 지으며 고개를 끄덕였다.

"그렇다."

진짜로 다 익혀야 나갈 수 있는 거였구나.

뭔가 막막하지만 동시에 안심도 되었다.

확실한 목표가 생겼으니까.

"하지만, 조사님. 지금 밖에는 저를 기다리는 자들도 있고 또……."

"그리 말해도 내가 해 줄 수 있는 건 하나뿐이다."

"네?"

"네가 빨리 진설십이식검법을 익힐 수 있도록 돕는 것 말이다."

그렇다.

하루라도 빨리 익혀야 하루라도 빨리 이곳에서 나갈 수 있었다.

그렇게 얼마나 시간이 지났을까?

솔직히 처음에는 엄청 걱정했었다. 내가 실종된 거나 다름없을 테니까.

하지만 다행이라고 할까, 내가 구성해 놓은 것들은 내가 없어도 잘 돌아갈 것이다.

팔갑이나 호위들에게 미안하지만, 나도 어쩔 수 없는 상황이니까.

이렇게 될 줄 내가 알았나, 뭐.

그래도 그들이 돌아간다면 사부님이 사정을 짐작하고 부모님께 언질을 주시겠지.

그래서 애써 마음을 다잡고 검술 수련에 집중했다.

지금이 내게 있어 천금을 주고도 얻을 수 없는 엄청난 기회라는 것을 깨달았으니까.

이렇게 무공에만 집중할 수 있는 시간도 없었거니와,

진설십이식검법을 창안하신 조사님이 직접 사사해 주고 있다.

뭐랄까?

북경에서 유행이라는 일 대 일 저자 직강이라고 해야 하나?

그리고 현룡성체라는 것의 대단함을 이제야 깨달을 수 있었다.

사부님께서 나에게 오성이 뛰어나다고 하실 땐 별 감흥이 없었지만, 이제야 그게 무림인에게 얼마나 대단한 것인지도.

조사님이 보여 주신 것을 보면, 그냥 어떻게 하는지 알 것 같았기 때문이다.

말로 설명할 순 없고, 그냥 보니까 알 것 같달까.

이에 대해 조사님께 여쭈어 보니, 조사님께서는 웃으며 "너도 나처럼 천재라서 그런 거다."라고 말씀하셨다.

그거, 본인 자랑 같은데?

아무튼 시간이 얼마나 지났는지 알 수는 없지만, 체감상 한 오 년은 지난 것 같았다.

이제 비급에 남은 건 딱 두 개의 초식뿐이다.

열한 번째 초식인 백야(白夜)와 열두 번째 초식인 설중화(雪中花).

지금 삶에서는 배우지 못했고, 이전 삶에서 배우기는 했으나 내 경지가 일류에 불과했기에 겉핥기에 불과했다.

사부님께서도 그 두 초식은 절정에 올라야만 그 진면목을 알 수 있다고 하셨고.

.

.

.

"저 왔습니다."

"그래."

이제는 이것도 익숙해져서 조사님께 바로 꾸벅 인사를 했다.

그리고 조사님도 곧바로 내 은무검을 가져가셔서 그대로 휘두르셨고.

"……!"

그 순간, 나는 내 두 번의 삶을 통틀어 한 번도 보지 못했던 백야의 진면목을 볼 수 있었다.

하얀 밤.

그건 태양이 계속해서 떠 있기에 밝은 밤이라는 의미가 아니었다.

태양까지 얼려 버리기에 하얀 밤인 거다.

실제로 태양을 얼려 버리지는 못하겠지만, 그렇게 느껴졌다.

사부님이 시범을 보여 주셨을 때는 이 정도까지는 아니었는데.

조사님이 검을 거두며 말했다.

"이게 바로 백야다."

"와, 진짜 어렵네요."

"왜? 첫 번째 초식부터 열 번째 초식까지 전부 더한 것일 뿐인데?"

조사님의 말씀대로이다.

그렇기에 단순하게 느껴질 수도 있겠지만 내가 봤을 땐 아니었다.

"각 초식들이 서로 충돌하지 않고 조화롭게 연계되도록 해야 하잖아요. 그거 계산하려면…… 더럽게 힘들 것 같은데 후학들은 생각하시고 만드신 건가요?"

내 물음에 조사님이 고개를 슬쩍 돌리며 헛기침을 하셨다.

"험험."

그 모습을 보니 딱 답이 나왔다.

이거 배울 사람들은 생각하지 않고 본인 기준으로 만들었구먼.

본인은 그냥 감각적으로 계산이 되니까.

내가 가만히 조사님을 바라보자, 조사님께서는 먼 산을 보며 말씀하셨다.

"나도 내 후학들이 그리 모자랄 줄은 몰랐다."

"……."

여기서 뭐라고 해 봤자 내 입만 아프다.

이미 만들어진 검법이고, 조사님은 이미 죽어 없어지신 분이니까.

문제는 남은 이들이다.

조사님께서 내게 막대한 보상을 주며 설풍궁의 재건을 부탁하셨지만, 그를 위해서는 검법의 개선이 필요해 보였다.

"그런데 진설십이식검법은 직계들만 배우는 검법이잖습니까?"

"엥? 그게 무슨 소리냐?"

"네?"

"그거 모든 설풍궁의 제자들이 배우던 검법이니라."

"……."

잠시 할 말을 잃었다.

사부님께서는 분명 진설십이식검법은 가전무공이라고 하셨는데?

"애초에 설풍궁은 직계들만이 배우던 무공 같은 건 없다. 설풍궁의 궁주는 궁주의 직계가 아닌, 북해빙궁주와 설풍궁의 제자들이 인정한 가장 강한 무공을 지닌 자가 이어받게 했으니까."

"……."

오랜 세월이 지나면서 설풍궁의 법도가 조금씩 달라진 듯했다.

그렇다면 내 생각을 현실로 옮겨도 별 문제는 없겠지.

"음, 그러니까 진설십이식검법을 제가 살짝 손 봐도 되겠습니까?"

"음? 어떻게 말이냐?"

"잘, 배우기 쉽게, 말입니다."

내 말에 잠시 생각하시던 조사님이 고개를 끄덕였다.

"그래, 뭐, 마음대로 해라."

허락은 받았다.

그렇게 다시 긴 시간이 흘렀다.

드디어 마지막 초식, 설중화만이 남았다.

눈 속에 피는 꽃.

"드디어 마지막 초식이구나."

조사님의 말씀에 나는 고개를 끄덕였다.

"네. 이제 작별이네요."

"작별?"

조사님은 피식 웃었다.

"어째서 그리 생각하는 것이냐?"

"그야…… 진설십이식검법의 마지막 초식이니까요."

"내가 창안한 무공이 진설십이식검법뿐이라고 생각하는 것이냐?"

"……."

어…… 그렇긴 하지.

사부님께서도 다른 무공들이 많았는데 실전되었다고 했고.

"세월이란 좋은 것도 있지만 그리 좋지 않은 것도 있다. 그건 있던 것이 사라지는 것이지."

"……."

나는 혹시나 하여 물어보았다.

"설마, 이렇게 검법을 배울 수 있는 곳이 이곳 한 곳뿐만이 아닌 겁니까?"

"그래, 여기만이 아니라 곳곳에 만들어 놓았다."

그게 답이 되었다.

그나저나 이런 고생을 또 해야 한다고?

사양하고 싶었다.

그런 내 생각을 읽으셨던 걸까? 조사님이 서글픈 눈으로 말씀하셨다.

"하지만 그것들은 내 생명을 대가로 두 번째 삶을 준 후인에게 반응하도록 되어 있다."

"……."

"후인이 그걸 익히지 않으면 설풍궁의 무공은 영원히 사라지는 거겠지."

아니, 치사하게 이러시깁니까?

어르신의 눈물이라니.

이건 반칙입니다.

"사설이 길었구나. 다시 수련으로 돌아가자."

사부님이 진지한 표정을 지으며 검을 들었다.

"똑똑히 보아라. 이것이 바로 진설십이식검법의 마지막 초식. 설중화다."

눈이 소복하게 내리고 있다.

강설인가?

아니, 적설이다.

매서운 바람이 휘몰아치는 가운데 뭔가 따스한 것이 느

껴졌다.

따스함?

아니, 뜨거움이다.

언젠가 그런 말을 들은 적이 있었다. 추위가 더해지고 더해지고 더해지면, 그 추위로 인해 화상을 입을 수가 있다고.

그렇다.

극음의 경지, 그것은 곧 극양이다.

푹-!

그리고 이내 피어난 한 송이의 꽃, 설중화.

그건 아름다웠다.

.

.

.

또다시 한참의 시간이 지났다.

설중화까지 완벽하게 익히고 다시 깨어나자, 모든 내용이 사라진 비급은 바람에 휘날리는 모래처럼 사라졌다.

그리고 눈이 감겼다.

드디어 이 동공에서 탈출이구나.

도대체 얼마나 시간이 지났을까.

다들 걱정이 많을 텐데.

어서 빨리 돌아가야겠다.

……라고 생각했는데.

"도련님? 왜 그렇게 멍하니 계십니까요?"

"응?"

내 앞에는 바위 하나가 세워져 있었다. 자격을 증명하라는 문장이 새겨져 있던 그 바위다.

나는 여전히 그 바위에 검을 꽂아 넣은 채였다.

뒤를 돌아보니 팔갑과 호위들이 나를 바라보고 있었다.

순간 뭔가 싶었다.

"저기, 내가 지금 이 앞에 계속 서 있던 거야?"

"네. 그렇습니다요."

"몇 시진이나?"

"몇 시진이라니? 무슨 생뚱맞은 말씀이십니까요?"

"응?"

"고작 반 각 정도 그러고 계셨습니다요."

"뭐?"

분명히 공동에서 적어도 몇 년은 수련한 거 같은데, 고작 반 각 정도 이러고 있었다고?

다시 바위를 살펴봤지만, 바위에는 그 어떤 글귀도 보이지 않았다.

"여기, 글자가 사라졌네?"

"네?"

"무슨 글자 말씀입니까요?"

나는 검을 거두고, 내공을 끌어 올려 바위에 손을 대어 보았지만, 그 어떤 반응도 보이지 않았다.

대체, 뭐였지? 환상이었나?

.

.

.

우리는 다시 북해빙궁의 객잔으로 돌아왔다. 그리고 나는 혼자 객실로 향했다.

내가 비밀창고에 담은 보물 역시 환상이었는지 확인해야 할 것 같았기 때문이다.

조심스럽게 비밀창고를 열어보았다.

"이건……."

엄청난 양의 금은보화, 그리고 빙정으로 만든 검에 다는 수술까지 모두 보관되어 있었다.

이게 대체 어찌 된 조화인지 알 수 없었지만, 그래도 한 가지는 확실했다.

우리 설풍궁의 조사님, 최고다.

.

.

.

"도련님! 저 들어갑니다요."

밖에서 들리는 목소리에 나는 황급히 비고를 닫고, 벼루를 다시 주머니에 넣었다.

덜컥.

문이 열리고 팔갑이 들어왔다.

"……."

나를 빤히 보던 팔갑이 물었다.

"도련님, 혹시 저 몰래 뭐 드셨습니까요?"

"뭔 소리야."

"뭔가 숨기는 것이 있는 듯해서 말입니다요."

그래, 숨기는 것이 많긴 하지.

내가 두 번째 삶을 살게 된 것이라든가.

그게 설풍궁 조사님의 안배라든가.

하지만 이걸 팔갑에게 말할 수는 없는 노릇이었다.

걱정스러운 표정으로 의원을 부를 것이 분명하니까.

그나저나 정말 눈치 빠르네.

나름 표정 관리에 능한 편이라 생각하는데도, 그걸 눈
치챌 정도로.

혹시 이것도 살왕의 재능 중 하나인가?

나는 피식 웃으며 말했다.

"그런 거 없어."

우리는 일 층으로 내려갔다.

"주문하시겠어요?"

"추천해 주실 음식이 있습니까?"

"북해에 오셨으면, 북해의 얼린 두부로 만든 요리를 드
셔야지요."

"그럼, 그거로 주시고……."

이런저런 음식을 주문하고 잠시 객잔에 앉아 있자니,
계속해서 객잔 안으로 손님들이 들어왔다.

어린 나이의 소녀가 섞인 손님 구성은 그들이 북해빙궁의 입궁을 위해 왔음을 알 수 있었다.

잠시 기다리자 음식이 나왔다.

음식을 가져다준 여제자가 웃으며 물었다.

"떠나신 줄 알았는데 다시 오셨네요?"

"네, 잠시 어디 다녀오는 길입니다."

나는 대충 둘러대면서 화제를 돌렸다.

"그나저나 북해빙궁의 문은 언제까지 열려 있습니까?"

"이제 며칠 안 남았어요. 가을이 되면 설풍 때문에 이곳에 오기도 힘드니까요."

"그러면 이곳도 그때까지만 영업하는 겁니까?"

그녀는 웃으며 고개를 저었다.

"그건 아니에요. 이곳은 계속해서 운영하죠. 그 설풍을 뚫고 오는 이들에게 이곳은 유일한 쉼터니까요."

"하긴 그렇겠군요."

나는 고개를 끄덕였다.

"그럼, 안내인의 안내에 따라 이동하는 건 매일 아침 새벽입니까? 전에도 새벽에 이동하던데?"

"맞아요. 도착해서 이런저런 할 것들이 있기 때문에 일찍 출발해야 일정을 맞출 수 있거든요."

그때 다른 손님이 그녀를 부르며 대화가 끊겼다.

"이만 식사하시죠."

"네."

그렇게 식사를 하던 중, 여응암 무사가 물었다.

"그나저나 아까 봤던 그 바위가 찾으시던 것이 맞습니까?"

"아, 네."

"바위만 덩그러니 있지 않았습니까?"

다른 이들도 의아한 표정.

뭐라고 말할지 잠시 고민하는데, 서우 무사가 입을 열었다.

"제가 볼 때 아마도 대법을 통해 뭔가를 주군께 전달한 것이 아닌가 싶습니다."

나는 속으로 조금 놀라며 서우 무사를 보았다.

정답에 가까운 추측이었으니까.

"왜 그리 생각하셨나요?"

"그게 아니라면, 당시 주군의 반응을 설명할 수 없으니까요."

진유 무사가 고개를 끄덕여 서우 무사의 의견에 동의하였다.

나는 미소 지었고, 내 얼굴을 본 팔갑이 말했다.

"서우 무사님의 말씀대로인가 봅니다요?"

"응. 맞아."

나는 말을 이었다.

"하지만 함부로 말할 수는 없으니까 이해해 줘."

진유 무사가 동의했다.

"그런 건 함부로 말할 것이 못 되는 법이지요."

"어서 먹죠. 이거 제법 맛있습니다."

이곳의 추천 요리라는 얼린 두부로 만든 요리는 제법

맛있었다.

특히 식감이 무척 좋았다.

우리는 식사를 마치고 각자 객실로 올라갔다.

그날, 나는 일찍 잠자리에 들었다.

솔직히 너무 피곤했기 때문이다.

공동 안에서 오랜 시간 동안 무공을 익히느라 몸도 마음도 지쳐 있었다.

집에 돌아가면 보약이라도 한 채 지어 먹어야지.

그렇게 생각하며 잠에 빠져들었다.

.

.

.

"......!"

갑자기 느껴진 엄청난 살의에 나는 화들짝 놀라 잠에서 깼다.

뭐지?

이렇게 강렬한 살의를 느낀 건 처음이었기 때문에 당혹스러웠다.

하지만 놀라고만 있을 수는 없는 노릇, 즉시 검을 챙기며 팔갑을 깨웠다.

"팔갑! 일어나! 팔갑!"

"네? 왜, 왜 그러십니까요?"

내가 검을 들고 있자 놀란 팔갑이 물었다.

팔갑에게 살왕의 재능이 있지만, 아직 경지가 높지 않아서 이 살기를 느끼지 못한 듯했다.

벌컥─!

그때 문이 열리고 서우 무사가 뛰어 들어왔다.

"주군! 아! 일어나 계셨군요."

"네! 이 살기 때문에 오셨군요."

"그렇습니다. 얼른 나가봐야 할 것 같습니다."

우리는 무기를 챙겨 일 층으로 내려갔다.

"손님, 무슨 일이십니까?"

일 층에 있던 제자가 우리를 보며 놀란 듯 물었다.

"습격입니다! 지금 이 객잔을 습격하려는 무리가 있습니다."

"네? 그게 무슨……."

그 제자는 창문을 열고 밖을 내다보았다가 깜짝 놀라 얼른 창문을 닫았다.

"어, 어떻게 영……."

"어서 다른 분들을 부르십시오."

"아! 네!"

그녀는 즉시 종을 울렸다.

땡땡땡땡땡!

요란한 종소리가 울려 퍼지자마자, 객잔에서 일을 하거나 쉬고 있던 북해빙궁의 제자들이 속속들이 모여들었다.

"무슨 일입니까?"

종을 울린 제자가 대답했다.

"영물들의 습격입니다."

"뭐라고요? 영물들이 왜 이 객잔을?"

나는 그녀에게 물었다.

"그게 중요한 게 아닙니다. 영물들이 습격하기도 합니까?"

"네. 떼를 지어 다니면서 여행자들을 습격하곤 합니다만, 이렇게 이 객잔을 습격하는 건 이번이 처음입니다."

그렇다면 저 영물들이 이리 나오는 건 이유가 있다는 의미겠군.

그때였다.

"옵니다!"

누군가의 외침과 동시에 거대한 곰을 닮은 영물이 달려와 문을 두들겼다.

쾅-! 쾅-! 쾅-!

이대로는 곧 문이 깨질 거다.

게다가 창문으로 들어오는 영물의 수도 많아질 터.

"주군, 어찌할까요?"

진유 무사의 물음에 나는 대답했다.

"각자의 자리에서 최선을 다해 대응하세요. 저희의 최우선 목표는 생존입니다. 살아 있기만 하면 제가 어떻게든 낫게 해 드릴 테니 꼭 살아남으세요."

"네!"

콰직!

문이 부서지고 그 사이로 영물들이 쏟아져 들어왔다.

크어엉-!

"각자 정면에서 오는 놈들을 막아!"

"예!"

북해빙궁의 제자 중 하나가 소리쳤고, 그에 따라 제자들은 침착하게 각자의 앞으로 달려드는 영물들을 막아냈다.

내 앞쪽의 창문도 금세 부서졌고, 그쪽으로도 영물들이 쏟아져 들어왔다.

나는 영물들을 향해 검을 겨누었다.

조사님과 일 대 일 강의 덕분에 익힌 검술을 실전에 사용할 기회.

호랑이를 만나도 호랑이에게 떡을 팔아먹어야 진정한 상인이 아니겠는가?

음?

하지만 뭔가 이상했다.

영물들이 우리 쪽을 보더니 슬금슬금 내 쪽을 피해 다른 쪽으로 달려든 것이다.

마치 나를 두려워하는 듯.

그러고 보니 전에 적안설표를 만났을 때도 놈이 나를 보더니 다급하게 도망갔었지.

그와 달리 지금은 도망치지 않고 나를 피해서 다른 쪽으로 달려든다는 것이 차이점이었다.

나는 나를 피해 주변으로 달려드는 놈들을 향해 움직였다.

다들 날랜 영물들인 만큼 진설십이식검법 중 네 번째

초식인 설풍을 사용했다.

'설풍'은 쾌검이면서 단순한 쾌검이 아니니까.

북해에서 오랫동안 살아온 사냥꾼과, 북해빙궁의 제자들마저도 두려워할 만큼 거친 바람이기도 하다.

나는 설풍궁의 조사님께 이 설풍을 다시 배우며, 설풍의 진정한 위력을 깨달았다.

빠르게 검을 횡으로 휘두르자, 그 날카로운 바람에 영물의 목이 찢겨 나갔다.

이어서 다시금 검을 내리쳐 목숨을 완전히 끊었다.

곧바로 옆에 있는 영물에게도 다시금 횡으로 검을 휘둘렀고, 똑같이 놈을 처리했다.

그때였다.

"영물들이 안개의 문으로 들어가고 있어요!"

"젠장! 저 안에는 대체 어떻게!"

북해빙궁 제자들 사이에서 소란이 벌어졌다.

안개의 문은 전에 보았던, 남자들의 출입을 막는 안개의 벽을 의미했다.

그녀들은 다급하게 영물들을 쫓았지만, 이미 상당수의 영물들이 안으로 들어간 뒤였다.

"어쩜 좋아요! 불과 반 시진 전에 입궁할 이들이 출발했는데!"

"젠장! 상태가 좋은 제자들은 얼른 안으로 출발해! 남은 사람들은 몸을 추스르고!"

반 시진 전이면 앞에 출발한 이들이 빙궁에 도착하기

전에 따라잡힐 터.

이 상황을 노린 게 분명하다.

안내하는 제자들은 내가 알기로 두 명에 불과하다. 아마도 안에는 특별한 위험이 없기 때문이겠지.

지금 여기 남은 북해빙궁의 제자들 상황도 썩 좋지 않다. 몇몇 상태가 괜찮은 제자들이 뒤쫓아가 봤자 역부족이거나 늦을 터.

이대로 있다가는 북해빙궁의 제자가 되기 위해 들어간 어린 소녀들이 영물들에 의해 갈가리 찢기는 건 시간문제라는 뜻이다.

나는 입술을 깨물었다.

어떻게 하지?

설풍궁은 북해빙궁을 지키는 것을 일종의 사명처럼 생각하는 곳이다.

나는 설풍궁의 남겨진 흔적을 통해 들어갔던 공동에서 나에게 남겨진 서신의 내용을 떠올렸다.

조사님께서는 설풍궁과 북해빙궁을 위해 무공을 정립하셨다고 했지.

그렇다면, 설풍궁의 무공을 익힌 제자로서 내가 해야 할 일은 정해져 있었다.

나는 호위무사들에게 이곳을 지키라고 하고는 조용히 객잔을 빠져나왔다.

그리고 아무런 방해 없이 안개 속으로 들어가 땅을 박찼다.

안개 속을 달리기를 일 각 정도.

한 치 앞도 보이지 않을 정도로 짙은 안개였지만, 이상하게도 나는 내가 어디로 가야 하는지 알 것 같았다.

곧 안개가 없는 지역에 도착했고, 눈 위에 찍힌 발자국들을 보았다.

이쪽이로군.

무흔보법을 극성으로 사용하며 달리자, 금세 강렬한 살기를 느낄 수 있었다.

"까아아악!"

그리고 들려오는 여자들의 비명.

나는 망설임 없이 그곳으로 달려갔다. 그리고 피투성이가 된 북해빙궁의 제자를 사정없이 몰아붙이는 영물을 보았다.

"하아앗!"

나는 그대로 보법을 극성으로 유지하면서 달려들어 영물의 머리부터 가랑이까지 세로로 베어 버렸다.

덕분에 목숨을 구한 그녀는 얼떨떨한 표정으로 감사를 표했다.

"도, 도와주셔서 감사합니다."

"여긴 제가 맡을 터이니, 입궁 희망자들을 보호해 주십시오."

"아, 네."

나는 곧바로 붉은 눈의 영물들을 향해 검을 들고 달려들었다.

상당한 수의 적안설토(赤眼雪兎).

하나하나의 강함은 그리 대단하지 않지만, 숫자가 많다.

이런 놈들에게는 범위가 넓은 설붕이 제격이지.

내 검이 휘둘러지며, 검기가 부채꼴 모양으로 뻗어 나갔다.

마치 눈사태처럼.

눈사태의 무서운 점은, 휘말리면 끝이라는 거다.

정신없이 검을 휘두르던 중, 문득 그런 생각이 들었다.

하필이면, 이때 나를 북해에 부르고 조사님이 직접 무공을 사사해 주신 이유가 오늘을 위해서가 아닐까 하는 그런 생각이.

너무 지나친 생각인가?

"······!"

나는 다급히 영물들에게서 고개를 돌려 빙궁을 희망하는 소녀들 쪽을 보았다.

순간적으로 그쪽에서 살기가 느껴졌기 때문이다.

타앗-!

나는 망설임 없이 땅을 박차고 몸을 날렸다.

그리고 기감을 집중하자, 한 소녀에게서 미약한 살기가 느껴졌다.

그와 동시에, 흑도의 역겨운 기운이 느껴졌다.

내 검이 그녀를 향해 쇄도했다.

"까아아악!"

"흐억!"

"꺅!"

내가 갑자기 검을 들고 달려들자, 소녀들은 깜짝 놀라 비명을 지르며 주저앉았다.

북해빙궁의 제자들이 당황하여 나를 막으려 했지만, 그녀들의 검은 내게 닿지 않았다.

그만큼 빨랐으니까.

그리고 한 소녀에게 내 검이 닿기 바로 직전.

챙―!

그 소녀는 자신의 검으로 내 검을 쳐 냈다. 제법 강맹한 공격이었는데 그걸 쳐 낸 것.

"당신이었군요. 이 일의 주범이."

그녀는 내게 물었다.

"어떻게 알아차린 거지?"

"그냥 알았는데요?"

"헛소리!"

그녀의 두 눈이 자줏빛으로 물들더니, 손목에 달린 방울을 흔들었다.

그 방울 소리에 영물들의 공격이 더욱 격렬해졌다. 이걸로 확실해졌다.

그녀가 적안의 영물들을 조종한 것이다.

하지만 내가 있는 이상 영물들은 크게 위협이 되지 않는다.

묘하게 내게 두려움을 느끼고 피하니까.

이대로는 승산이 없다고 생각했는지, 그녀가 나를 직접 공격해 오기 시작했다

까앙-!

"이크!"

나는 그녀의 공격을 받아쳤다.

"이제야 본격적으로 나오셨네요."

"아무래도 너를 먼저 죽여야 할 것 같아서 말이지."

"쉽지 않을 텐데요."

조사님이 자신의 남은 수명을 대가로 나에게 준 두 번째 삶이다.

그렇게 호락호락하게 당해 줄 순 없지.

"죽어라!"

"누구 맘대로요?"

그렇게 태연하게 받아치기는 했지만, 상대의 무공은 꽤 고강했다.

얼마 전에 설풍궁 조사님께 수련을 받지 않았다면 내가 죽지 않았을까 싶을 정도로.

이 정도면 조사님께서 예지하신 게 맞는 것 같은데?

아무튼, 계속해서 싸움을 끌고 가는 건 의미가 없었다. 이러니저러니 해도 내가 지켜야 할 사람들이 더 많으니까.

속전속결이다.

나는 검을 치켜들었다.

백야.

태양을 얼리는 하얀 밤이 펼쳐졌다.

.

.

.

척-!

내 검이 그녀의 목에 닿았다.

"져, 졌다."

그녀는 무기를 떨어뜨리며 항복 의사를 밝혔지만, 그녀에게서 느껴지는 역겨움은 나에게 긴장을 풀지 말라고 경고했다.

흑도치고 항복했다고 하고 더러운 수를 쓰지 않는 경우가 별로 없었다.

"살려 줘. 이건 다 사연이 있다고. 그러니까……."

나는 피식 웃으며 그녀의 말을 잘랐다.

"사연 같은 거 궁금하지 않거든요. 그러니까 목적이 무엇이었는지만 딱 말하면 됩니다."

42장. 돌아가는 길

# 돌아가는 길

내 말에 그녀는 입술을 깨물었다.

"매정하군."

"네, 제가 좀 그렇습니다."

쐐액!

순간 나를 향해 날아오는 독침.

나는 검으로 독침을 쳐 냈고, 동시에 검집으로 그녀의
뒷목을 내리쳤다.

빠악-!

"컥-!"

기절해서 쓰러지는 그 모습을 보며 나는 피식 웃었다.
내 그럴 줄 알았다니까.

그때였다.

어?

갑자기 느껴지는 난꽃 향기.

이건 분명히 예전에 맡아 본 향기인데?

그리고 뒤에서 회색 말을 탄 한 무리가 달려왔다. 수는 대략 오십여 명쯤 되어 보였다.

"저들은?"

내 물음에 북해빙궁의 제자가 대답했다.

"저희 빙궁의 선발 기동대인, 설응대(雪鷹隊)예요."

눈의 매라는 이름이 그 부대의 특성을 말해 주는 듯했다.

설응대가 가까이 다가올수록 난꽃 향기 역시 점점 강해지고 있었다.

내 옆에 있던 북해빙궁의 제자는 맨 앞에 백마를 타고 있는 인물을 보더니 깜짝 놀라 그 앞으로 달려가 부복했다.

"소궁주님을 뵙습니다!"

소궁주?

소궁주라면 차기 북해빙궁의 궁주라는 말인데?

아직 스무 살은 되어 보이지 않는 그녀는, 무표정했지만 아름다웠다.

그녀는 말에서 내리며 말했다.

"비상 신호를 보고 달려왔습니다."

"네, 소궁주님. 보고 드리겠습니다."

북해빙궁의 제자는 절도 있는 모습으로 그녀에게 상황을 보고했다.

"……하여, 지금 그 범인을 제압한 상황입니다."

"그렇군요."

소궁주는 고개를 끄덕이고는 몸을 돌려 내게 다가왔다.

경지가 꽤나 높은 듯, 발소리조차 들리지 않았다.

그녀가 가까워지면서 점차 강해지는 난꽃 향.

이 향기는 분명히…… 몇 년 전에 연화루에서 만났던 의문의 복면인에게서 맡았던 향기다.

그녀는 정중하게 포권하며 자신을 소개했다.

"북해빙궁의 소궁주, 빙해린(氷海隣)입니다."

그녀가 자신의 이름을 밝힌 이상 나 역시 내 이름을 밝혀야 했다.

"은해상단의 은서호입니다."

"본궁을 도와주신 것, 감사드립니다."

"당연히 해야 할 일을 했을 뿐입니다."

"그런데, 남자분이신가요?"

그 물음에 나는 고개를 끄덕였다. 내가 남자인 건 사실이니까.

"네."

내 대답에 주변의 이들이 놀란 표정을 지었다.

"거짓말!"

"이곳은 여자들 외에는 들어올 수 없는데?"

"아뇨, 가능한 자가 있습니다."

소궁주가 그들의 말을 끊었다.

"궁주님께 들은 적이 있지요. 강한 음기를 지닌 남자라면, 이 안에 들어올 수 있다고요."

하지만 그녀의 시선은 내가 아닌, 내가 찬 검에 가 있었다.

설마, 이 검의 정체를 알아본 건가?

은무검은 조금 좋아 보이기는 해도 엄청 특별해 보이는 검은 아닐 텐데…….

게다가 그 주인에 맞게 형태를 바꾸기도 하고.

만약 이 검이 은무검이라는 것을 알고 있다면 그건 매우 난감한 일이다.

무림맹과 관련이 있을 거라 짐작되는 자였으니까.

설풍궁의 제자인 내가 지켜야 하는 북해빙궁에 무림맹과 연관이 있는 자가 있다는 사실이 뭔가 불편하게 느껴졌다.

나에 대한 정보가 저들의 귀에 들어가는 건 달갑지 않은 일이니까.

그녀는 시선을 다시 나와 맞추더니, 고개를 작게 숙였다.

"본궁의 제자들을 구해 주셨으니 응당 융숭한 대접을 해 드리는 것이 마땅하나, 상황이 상황인지라 그건 나중으로 미뤄야 할 것 같습니다. 양해를 부탁드립니다."

그러고는 허리춤에 달린 주머니에서 작은 상자 세 개를 꺼내어 내밀었다.

"이건 '은설단(銀雪丹)'이라고 합니다. 영약 급은 아니지만, 그에 준하는 단환이지요. 은인의 무공 성취에 도움이 될 것입니다."

수상한 인물이 주는 것이지만, 그래도 모두가 보는 곳에서 수상한 것을 줄 리는 없었다.

그리고 이곳에서 소궁주가 주는 것을 거절할 수도 없고.

"감사히 받겠습니다."

"혹시 그 밖에도 원하시는 것이 있다면, 말씀하십시오. 가능하다면 들어드리겠습니다."

나는 잠시 고민했다.

북해빙궁에 들어갈 수 있다면 좋겠지만, 그건 어렵다고 했으니 다른 것을 부탁해야겠지.

뭔가 외부인에게 보일 수 없는 것이 있거나 해서 나를 빙궁으로 들이지 않는 것일 테니까.

"본궁에 방문하고 싶다고 하시면 방문하셔도 되고요. 원래 금남의 지역이지만 은인의 청이니 들어드릴 수 있습니다."

"네?"

뜻밖의 말에 나는 눈을 끔뻑이며 되물었다.

"방금 함께 가는 건 어렵다고 하지 않으셨습니까?"

"융숭한 대접을 해 드리기 위해서는 본궁의 모두가 함께 해야 합니다. 하지만 저 흉수를 족치려면 그건 어려우니 그리 말씀드린 겁니다."

그러니까 함께 북해빙궁에 가는 건 괜찮지만, 융숭한 대접이 어렵다는 의미였던 것이다.

아니, 대체 얼마나 융숭한 대접이기에……

"하여 융숭한 대접을 해 드리는 것을 나중으로 미룬 것입니다."

"그, 그렇군요. 험험."

나는 멋쩍음을 감추기 위해 헛기침을 했다.

그렇다면 굳이 지금 갈 필요는 없겠지.

그녀가 저리 말한 이상, 언젠가는 북해빙궁에 초대할 터. 무리하게 지금 가자고 부탁할 필요는 없다.

"제가 원하는 건, 오늘 제가 이 일에 관여했음을 다른 이들이 모르게 해 달라는 것입니다. 약속해 주실 수 있습니까?"

내 말에 그녀는 잠시 생각하더니 고개를 끄덕였다.

"알겠습니다. 그리하지요."

불안하긴 하지만, 지금은 이게 최선이다.

은인인 내 부탁에 의한 약속을 그녀 스스로가 깨진 않겠지.

그때 뒤에서 설응대의 대원 중 하나가 말했다.

"흉수가 깨어났습니다."

생각보다 빨리 깨어났네.

그 말에 소궁주 빙해린은 그 흉수에게 다가갔다.

약 열서너 살 정도의 앳된 모습을 했던 흉수는 나와 일전을 벌일 때 그 모습을 벗어던졌었다.

하여 지금 흉수는 중년 여성의 모습이었다.

참 어마무시한 주안술이었다. 음, 이 정도면 주안술이 아니라 축골공이라고 해야 하나?

"그래서, 무엇 때문에 이런 짓을 한 거지?"

"……"

"암살? 혼란? 아, 혼란을 주려고 했군."

"!"

그 말에 흥수는 깜짝 놀랐다.

"그래서 진짜 목적이 뭐지? 혼란을 줘서…… 첩자? 기밀? 영물? 영약? 그래요, 영약이군."

"헉!"

경악으로 부릅떠지는 흥수의 눈동자.

나는 속으로 감탄할 수밖에 없었다.

수상한 인물인 건 수상한 인물이고, 놀라운 건 놀라운 거지.

"젠장! 맞아! 나는 북해빙궁에 가득한 영약을 훔치려고 했다! 영약이 있으면 내 경지를 올릴 수 있어! 그러면 나는 절대적인 힘을 얻을…… 커억!"

소궁주 빙해린은 그녀를 향해 주먹을 휘둘렀다.

와우, 생각보다 화끈하네.

"그딴 더러운 욕망 때문에 본궁의 아들을 해하려고 했다니, 어이가 없네."

"크윽, 내가 절대적인 힘을 얻으려는 건 이유가 있어. 이 짜증 나고 더러운 세상에 복수…… 커헉!"

다시금 그녀의 얼굴에 빙해린의 주먹이 틀어박혔다.

"네년의 사연 같은 거 왜 들어 줘야 하지? 그리고 짜증 나고 더러운 세상인 거 모르는 사람도 있나? 하지만 다른 이들은 네년처럼 다른 이들에게 피해를 주진 않아. 더 나은 미래를 위해 살아갈 뿐이지."

"……."

"그거 알아? 네년같이 이기적인 생각을 품는 것들 때문에 이 세상이 더 짜증 나고 더러운 세상이 된다는 거 말이야."

그녀는 설웅대 대원들에게 싸늘하게 말했다.

"뇌옥에 가둬요. 내가 직접 다져 버릴 거니까."

"네!"

그녀는 버둥거리면서 저항했지만, 이미 마혈을 점해졌기에 속절없이 끌려갈 수밖에 없었다.

소궁주 빙해린이 나에게 말했다.

"흉수를 죽이지 않아 주셔서 감사합니다."

"아무래도 남은 위험이 없는지 알아내기 위해서는 살아 있어야 할 필요가 있으니까요."

"그래서 감사하다는 거예요."

사실 내가 흉수를 단칼에 죽이지 않은 건, 자비를 베풀고 싶지 않았기 때문이다.

그리고 이왕 죽는 거, 아는 거 다 토해 내고 죽어야지.

뭐, 자업자득이다.

소궁주 빙해린은 나를 보며 포권했다.

"그럼, 가시지요. 제가 객잔까지 배웅해 드리겠습니다."

그녀는 나와 함께 안개의 문을 빠져나갔다.

문을 나서기 전, 그녀가 했던 말이 떠올랐다.

수상한 정체와는 별개로 참 마음에 드는 말이었으니까.

그래서 나도 모르게 툭 하고 말을 던졌다.

"저희 혹시, 예전에 본 적이 있지 않습니까?"

"……!"

순간, 움찔하는 그녀.

뭐지?

"초, 초면이에요."

"그렇군요."

하지만 확실하다.

연화루에서 만났던 그 복면인이 이 사람이라는 것은.

그녀가 나서면서 객잔은 빠르게 복구되기 시작했다.

생각보다 소궁주의 권한이나 영향력이 크다는 것을 알 수 있었다.

"저희 소궁주님, 참 대단하죠?"

객잔에서 일하는 제자가 자랑스러운 얼굴로 말을 걸었고, 나는 웃으며 고개를 끄덕였다.

"네. 그렇군요."

"소궁주님은 저희 북해빙궁의 자랑이죠."

그 북해빙궁 제자의 말에서 그녀에 대한 자부심이 느껴졌다.

그렇게 일을 마무리한 그녀는 다시 북해빙궁으로 돌아갔다.

그런 그녀를 보며 생각했다.

다음에 만나면 그 정체를 밝혀야겠다고.

.

.

.

그녀를 배웅한 나는 다시 객잔으로 들어와 일 층에 앉아 있는 내 일행들에게 물었다.

"다들, 상처는 괜찮으신가요?"

"네. 괜찮습니다."

"이 정도는 상처 축에도 끼지 못합니다."

다들 대수롭지 않다는 듯 대답했다.

영물들과의 전투가 생각보다 격렬해서 다들 잔부상을 입기는 했지만, 거동이 불가능할 정도는 아니었다.

팔갑은 빼고.

아주 멀쩡했다.

팔갑에게 잘 숨어 있으라고 했고, 팔갑은 내 말을 아주 충실하게 이행했다.

그리고 영물들은 팔갑을 찾지 못했는데, 내가 살짝 보니, 영물들은 팔갑을 그냥 지나치곤 했다.

허······.

살왕의 재능 중 하나인 은신술이 영물들의 감각까지 속일 정도인 건가?

하여간, 참 대단하다니까.

그렇게 나흘이 지나자 호위무사들의 상처도 거의 다 나았다.

새삼 빙궁에서 제공한 금창약의 효과에 감탄이 나왔는데, 알고 보니 흑적의선이 만들어 준 금창약이라고 했다.

뭔가 인연이 있는 건가?

이제 돌아갈 시간이다.

우리는 각자 짐을 챙겨 일 층으로 내려갔다.

"이제 가시는군요."

"네. 그렇습니다."

객잔에서 일하는 제자의 말에 나는 고개를 끄덕이며 대답했다.

"다음에 또 들러 주십시오. 북해빙궁의 은인이신 여러분들의 객잔비는 받지 않을 테니까요."

"그러면 꼭 다시 들러야겠습니다. 안녕히 계십시오."

"여정에 설풍의 자애가 함께 하시기를 바랍니다."

객잔을 나서자, 팔갑이 몸을 떨며 투덜거렸다.

"으! 춥네요!"

"목걸이도 하고 있는데, 춥긴."

"말이 그렇다는 겁니다요."

"이제는 남쪽으로 내려갈 일만 남았으니까, 점점 따뜻해지겠지."

호북으로 돌아가면서 내가 해야 할 일이 몇 가지가 있었다.

먼저, 우리에게 도움을 준 사냥꾼들에게 그 보답을 하

는 것이다.

　우리는 북해를 나와 그 초입에 있는 사냥꾼들의 움막을
찾아갔다.
　다행히 우리가 찾아갔을 때, 그들은 움막에서 쉬고 있
었다.
　"또 뵙습니다."
　"무사히 일을 마치고 돌아왔군."
　"네. 덕분에 잘 다녀왔습니다."
　"덕분은 무슨, 그냥 살 팔자였던 거지."
　겉으로는 무뚝뚝하지만, 속정은 깊은 이들이다.
　"그래도 저희를 도와주신 건 바뀌지 않는 사실입니다.
하여 그 보답을 할까 합니다만……."
　"보답은 무슨."
　"됐네. 그런 걸 바라고 움막에 들인 거 아니네."
　"압니다."
　그때 뒤에서 누군가 말했다.
　"그러면 저희 부족이 잡은 짐승 가죽 좀 사 주세요."
　"이 녀석이, 왜 끼어들어?"
　"아! 너도 전에 봤던 그 소년이구나."
　내 말에 그 소년은 고개를 꾸벅했고, 사냥꾼 중 하나가
멋쩍어했다.
　그 소년은 그 사냥꾼의 아들이다.
　"이번에 우리 부족의 짐승 가죽을 가져가기로 했던 상

인이 퇴짜 놓는 바람에 곤란한 상황이잖아요."

"……."

두 사냥꾼이 아무 대꾸도 못 하는 것을 보니, 사실인 듯했다.

나는 그들에게 물었다.

"자세히 설명해 주시지요."

"험험, 그게 말이오……."

그 사냥꾼의 부족은 대대로 이 근방에서 짐승들을 잡아 그 부산물을 파는 일을 하며 사는 부족이라고 한다.

그런데 평소에 짐승 가죽을 거래하던 상인이 그 수량을 줄이더니, 최근에는 가죽들이 죄다 불량이라면서 하나도 사지 않고 그냥 가 버렸다는 거다.

"말도 안 되는 핑계죠! 저희 부족이 가죽을 다루는 솜씨는 정말 뛰어나다고요!"

"그건, 여러분들이 입으신 옷만 봐도 알 수 있습니다. 제가 가죽에도 좀 조예가 있거든요."

은해상단의 주력 상품 중 하나가 비단이지만 포목점에서는 각종 옷감을 취급하고 있다.

나도 가죽의 재질이나 다루는 솜씨 정도는 구분할 줄 안다는 뜻.

"그거, 가격 후려치기네요."

"네?"

"솔직히 이곳까지 와서 가죽을 거래하는 상인이 얼마나 있겠습니까?"

"그렇죠……."

"그런 자신들의 입장을 이용하는 겁니다. 아마 다른 상인을 찾으셨지만, 찾을 수 없으셨을 겁니다."

"마, 맞습니다."

"방금 말했듯이 이곳까지 와서 가죽 등을 거래하는 상인은 몇 없습니다. 참 좁은 바닥이죠. 그들이 서로 짜고 벌이는 일인데 거래를 받아들이겠습니까?"

"아! 그래서……. 다른 상인들이 모두 추가 거래가 힘들다고……."

"시간이 지나고 버티지 못하겠다 싶을 때, 기존에 거래하던 상인이 찾아와서 불쌍해서 거래해 주겠다며 헐값에 물건을 거래하는 거죠."

"아……."

"이런 썩을 놈의 새끼들!"

"벼락 맞아 뒈질 놈들!"

음, 그런 놈들은 욕을 먹어도 싸지.

나는 방긋 웃으며 말했다.

"다행히 제가 도와드릴 일이 생겼네요. 여러분께서 보관하고 있는 가죽, 제가 다 사겠습니다."

이런 내 결정은 우리를 도와준 사냥꾼들에 대한 보답이기도 했지만, 은해상단의 이문을 위해서이기도 했다.

이곳 북해 쪽의 짐승 가죽은 털이 풍성하면서도 부드러워 고위층들에게 인기가 좋다.

하지만 공급처를 구하고 거래를 뚫기가 어려웠다.

이런 곳일수록 기존 상인들의 텃세가 심하니까.

그런데 한 상인의 욕심으로 인해 우리가 비집고 들어갈 틈이 생긴 거다.

이 기회를 놓칠 순 없지.

사냥꾼들은 가죽을 넘기지 못해 곤란한 것을 면하고, 은해상단은 거래처를 얻고.

이것이 바로 일석이조라고 할 수 있지만, 미래를 아는 나에게 일석삼조 이상의 일이다.

왜냐하면, 이번 겨울에는 어마어마한 한파가 몰아칠 테니까.

이번 겨울은 잊을 수가 없다.

엄청난 한파만이 아니라 내가 소단주가 된 해였으니까.

다시 생각해도 진절머리가 날 정도의 한파.

예년에 비해 동사자가 몇 배나 늘었을 정도.

하지만 그게 끝이 아니라 그 뒤로도 오 년이나 한파가 이어졌다.

게다가 흉년까지 겹치면서 백성들의 생활고는 극에 달했다.

그렇게 날씨가 추워지다 보니 털가죽으로 만든 옷의 수요가 급증했다.

얼어 죽지 않기 위해서는 털가죽 옷이라도 구해 입어야 했으니까.

그러다 보니 공급이 수요를 따라가지 못해 털가죽 옷의

가치가 급격히 상승했다.

그때를 생각하면 이곳의 털가죽을 거래하게 된 것은 향후 엄청난 이득을 가져올 터.

우리는 곧 사냥꾼 부자를 따라 그들 부족이 모여 사는 마을로 향했다.

"여기가 우리 마을이네."

사냥꾼들의 마을이라 그런지 곳곳에서 동물의 부산물을 말리고 있는 것이 보였다.

"복이야, 같이 오신 분들은 누구냐?"

그때 나이가 지긋해 보이는 할아버지가 나왔고, 사냥꾼의 아들이 그에게 달려갔다.

"할아버지! 저희 부족의 가죽을 사 주신다고 해서 모시고 왔어요."

"그래?"

내 옆의 사냥꾼이 말했다.

"험험, 내 아버지요. 우리 부족의 부족장이시기도 하지."

"아!"

나는 얼른 포권하여 인사했다.

"처음 뵙겠습니다. 은해상단의 은서호라고 합니다."

"촌장 지걸이라고 하네. 우리 부족의 가죽을 사겠다고?"

"네."

그 아들인 사냥꾼이 노인에게 자초지종을 설명했고, 그 설명을 들은 부족장이 버럭했다.

"이런! 대가리에 화살 박아 버릴 새끼들!"

입이 거칠기는 했지만, 그 마음이 이해가 갔기에 그저 옅게 웃어 보였다.

"험험."

부족장은 이내 내가 있는 것을 깨달은 듯, 헛기침을 하며 말했다.

"나도 모르게 격한 반응이 나와 버렸군. 미안하네."

"아닙니다."

"그나저나 우리 부족의 가죽을 사겠다는 건 이번 한 번인 것인가? 아니면 앞으로도 계속 거래할 생각이 있는가?"

"앞으로 계속하여 거래할 생각입니다."

"그렇다면 따라오게. 우리 부족의 솜씨를 제대로 보여 주어야겠지."

그는 우리를 데리고 한 곳으로 향했는데, 그곳은 가죽들이 쌓여 있는 창고였다.

"이번에 거래할 가죽들일세. 살펴보게나."

부족장은 자신만만한 표정으로 내부를 보여 주었다. 자신들의 가죽 다루는 솜씨에 자부심이 있는 거겠지.

나는 가죽들을 자세히 살펴보았다.

과연, 가죽들의 상태를 보니 자부심을 내보일 만했다.

이렇게 질이 좋은 가죽들을 보고 뭐?

가죽이 불량하다고? 어처구니가 없네.

"이전에 거래하던 상인들은 이 가죽 한 장에 얼마씩 가져갔습니까?"

"토끼 가죽은 백 장에 은자 반 냥, 늑대 가죽은 다섯 장에 은자 반 냥이었네."

씨…… 아, 욕 나올 뻔했다.

토끼 가죽 백 장에 은자 반 냥이라고? 칼만 안 들었지, 상인이 아니라 강도였네.

하긴 때로는 칼보다 돈이 더 무섭긴 하다.

"토끼 가죽은 열 장에 은자 한 냥을 드리겠습니다. 그리고 늑대 가죽은 두 장에 은자 한 냥을 드리죠."

부족장은 깜짝 놀라 되물었다.

"그렇게 많이 준다고?"

"저는 적당한 가격을 제시한 것뿐입니다. 말씀드렸다시피 저는 상인이고, 상인은 절대 밑지는 장사 안 합니다."

"하긴, 그렇겠지."

부족장이 허탈한 표정으로 중얼거렸다.

"그럼 그동안 우리와 거래를 했던 놈이 우리를 등쳐 먹었다는 뜻이겠군."

"……"

"아들아, 화살 가져와라. 그놈 대가리에 화살 좀 박아야 쓰겠다."

"저도 함께 가겠습니다."

뭔가 과격해지는 분위기에 나는 얼른 그들을 만류했다.

"진정하세요. 앞으로가 중요한 것 아닙니까?"

"음, 그렇긴 하지."

그때 복이라고 불린, 부족장의 손자가 말했다.

"그런데, 혹시 이전에 거래하던 상인이 찾아와서 뭐라고 하면 어떻게 하죠? 저기 잘생긴 형님이 하신 말씀을 들으니 충분히 그럴 것 같은데."

그 말에 나는 고개를 끄덕였다.

"맞아, 그럴 놈이긴 하지. 하지만 나는 우리와 거래를 하기로 한 이들을 핍박하는 걸 두고 볼 생각이 없어."

우리의 깃발을 꽂았으면 응당 그 깃발을 지켜야 하는 법.

"이곳에 저희 상단의 지부를 세우고, 무사들을 주둔시킬까 하는데 허락해 주시겠습니까?"

지부를 세우는 데에는 당연히 돈이 많이 든다.

하지만 이곳을 지키고 거래를 유지할 수 있다면 그 정도 비용은 새 발의 피다.

심지어 이곳은 무림에서는 새외로 분류되는 흑룡강의 변두리.

하지만 그런 만큼 자리를 잡기만 하면 상당한 이득을 볼 수 있다.

더군다나 미래를 생각하면 더더욱.

"이곳에 지부를?"

"예. 부족의 사냥꾼들도 약하지는 않겠지만, 저희 상단의 지부가 세워지고 무사들이 주둔한다면 그 상인들도 함부로 해코지를 하지 못할 겁니다."

부족장은 나를 가만히 바라보았다.

내 속내를 들여다보겠다는 듯.

"그 비용은?"

"당연히 은해상단이 감당해야죠."

"그럼, 허락하겠네."

"그러면 저희 상단에서 지부를 세우기 위한 인원을 파견할 때까지만 잘 부탁드립니다."

"그건 걱정하지 말게나. 우리 사냥꾼들은 그리 약하지 않네."

"조심하셔야 합니다. 저들이 무슨 수작을 부릴지 알 수 없으니까요."

그날, 우리는 그 부족의 마을에서 쉬어가기로 했고, 부족장 아들의 집으로 향했다.

집 안으로 들어온 나는 주머니에서 지필묵을 꺼내어 아버지에게 보내는 서신을 썼다.

"금령아, 이거 아버지에게 보내는 서신이야."

"꾸이? 꾸이. 꾸이!"

금령은 꼬리를 이리저리 흔들며 뭔가 말했다.

"그러니까 거리가 먼 곳이니 은자 하나로는 안 된다는 거야?"

"꾸이!"

"그럼 두…… 개?"

"꾸…….."

"그래, 세 개 줄게."

내 말에 금령은 얼른 자신의 꼬리를 내밀었다.

이 녀석, 이제 협상까지 하네.

나는 금령의 꼬리에 서신을 매달아 주었고, 상당히 빠른 속도로 튀어 나갔다.

.

.

.

다음 날 아침, 눈을 뜨자 보인 것은 내 배 위에 앉아 있는 금령의 모습이었다.

와, 진짜 빠르네.

나는 아버지께서 보내신 서신을 읽어 보았다.

[북해에서의 일을 마치고 무사히 돌아오고 있다니 다행이구나. 우리 쪽에도 별일 없단다. 그리고 네 제안을 검토해 보았는데, 다들 긍정적이더구나. 특히 상유각주가 많이 기뻐했단다. 곧 사람들을 꾸려서 보내도록 하마.]

나는 씩 웃었다.

역시 상유각주는 이곳의 가치를 알아본 듯했다.

나는 아침 식사를 하며 호위무사들과 팔갑에게 이 소식을 전하고 이곳을 떠날 준비를 하라 일렀다.

하지만 식사를 마친 후, 진유 무사가 내게 조용히 말했다.

"주군, 드릴 말씀이 있습니다."

"네. 말씀하세요."

"은해상단에서 사람들이 올 때까지 제가 이곳에 남아 있도록 하겠습니다."

"여기 남으신다고요?"

"예, 그러는 편이 좋을 것 같습니다. 여기 부족 사람들에게도 저희가 신경 쓰고 있다는 것을 보여 줄 수 있고, 주군께서도 좀 더 안심하실 수 있을 테고요."

물론 나로서는 거절할 이유가 없는 제안이다.

다른 호위무사들로도 돌아가는 길에는 문제가 없으니.

다만 이곳에서 생활하는 것은 불편할 수 있는데······.

그런 내 생각을 알아챈 것인지 진유 무사가 말을 덧붙였다.

"저는 북해에서 살았었으니 걱정하지 않으셔도 됩니다. 허락해 주십시오."

"뭔가 저 때문에 그러시는 거 같아서 미안하네요."

"그런 말씀 마십시오."

"알겠습니다. 그럼 부탁드립니다."

나는 부족장에게 진유 무사가 남아 있을 거라고 말했다. 그들이 기뻐하는 것을 보니 내심 불안한 마음이 있었던 것 같다.

그렇게 우리는 진유 무사를 남겨 두고 출발했다.

목적지는 광준상단.

복윤 소단주가 나에게 빌려준 호각을 돌려줘야 했으니까.

북해에서 요녕까지 가는 길은 올 때와 비슷했다.

광준상단과 우호적인 부족들은 우리를 대접해 주었고, 그게 아닌 자들과는⋯⋯.

사실, 우리를 건드리는 자들은 별로 없었다.

이쪽 부족의 이들이 호전적이긴 해도 목숨 아까운 건 누구나 마찬가지였으니까.

이전에 우리를 건드렸던 부족들은 우리가 만만하지 않음을 겪어 봐서 알고 있기에 접근하지도 않았다.

그렇게 우리는 무난하게 요녕에 들어섰다.

"오늘은 저곳에서 야숙하는 게 좋겠습니다."

서우 무사의 말에 나는 고개를 끄덕였다.

"네, 그러죠."

요녕에 들어서서, 광준상단에 도착할 때까지 객잔은 없었기에 야숙을 할 수밖에 없었다.

객잔이 아예 없는 것은 아니지만, 그리 믿을 만한 객잔이 없다.

그런 곳에서 묵을 바에는 차라리 야숙이 속 편하지.

이제는 익숙하게 야숙 준비를 하고, 저녁을 먹고는 잠시 모닥불을 바라보고 있을 때 서우 무사가 내 옆에 다가왔다.

"주군."

"네."

"혹시, 이번에 찾으신 것이 무공에 대한 심득이었습니까?"

그 물음에 나는 서우 무사를 보았고, 그는 담담하게 말을 이었다.

"이번에 객잔에서 주군께서 싸우시는 것을 보았습니다. 이전과 같은 무공을 쓰셨지만, 그 위력이 확연히 다르더군요."

서우 무사 역시 절정에 다다른 무인답게 내 성장을 눈치챈 듯했다.

"하하하, 그런가요?"

"네, 마치 그 무공을 몇 년이나 폐관 수련한 듯했습니다."

"……."

소름 돋을 정도의 정확함이다.

그곳에서 시간이 가늠이 안 될 정도로 오래 수련하면서 정말 힘들었으니까.

갑자기 눈물이 앞을 가릴 정도로.

"연기 때문에 눈이 매우신 모양입니다."

"아, 네."

그때 문득 궁금한 게 생겼다.

"그런데, 혹시 제가 쓰는 무공이 무슨 무공인지 알아보시겠습니까?"

"저도 처음 보는 무공이었습니다. 하지만 상당한 상승무공이라는 건 알 수 있었습니다."

"그렇군요."

다행이네.

서우 무사도 무공에 대한 지식이 풍부한 편인데, 그가 모른다고 하면 대다수는 모른다고 봐야겠지.

특히 설풍궁은 상당히 폐쇄적이며 신비로운 곳이었고, 멸문한 지도 십 년 넘게 지났으니까.

그러니까 사부님도 무공을 사사해 주셨겠지.

그때 누군가 다가오는 기척이 느껴져서 서우 무사가 그쪽을 경계했다.

하지만 나는 그리 긴장하지 않았다.

흑도의 역겨움 같은 것이 느껴지지 않았으니까.

잠시 후, 그들은 모습을 드러냈다.

수레 한 대를 끌고 이동하는 그들의 수는 약 다섯 명 정도.

행색을 보니, 상인들이다.

"저, 지나가는 객입니다만 불씨를 빌릴 수 있겠습니까?"

서우 무사가 나를 보았고, 나는 고개를 끄덕이며 말했다.

"객끼리 서로 도와야죠. 그렇게 하세요."

"감사합니다."

그들은 근처에 자리를 잡았고, 우리에게 불씨를 빌려 불을 피웠다.

화섭자를 가지고 다닌다고 해도 불붙은 장작으로 불을 피우는 게 훨씬 빠르다.

"저, 만두 좀 드시겠습니까?"

그때 그들의 우두머리로 보이는 인물이 김이 모락모락

나는 만두를 들고 우리에게 왔다.

"아, 감사합니다."

나는 감사를 표하며 그에게 물었다.

"어디서 오시는 길이십니까? 이렇게 만두를 준비해서 다닐 정도면 먼 곳에서 오신 건 아닌 듯한데?"

"하하하, 맞습니다. 저희는 이 지역을 떠돌면서 이런저런 잡화를 파는 이들입니다. 이곳 요녕은 민가가 띄엄띄엄 있어서 그들을 상대로 장사를 하며 먹고 살고 있습니다."

"그러시군요."

"그런데 이 근처 분이 아니신 것 같습니다."

"맞습니다. 저희는 호북의 은해상단 사람입니다."

"그, 은해상단 말입니까?"

반응이, 뭔가 알고 있다는 듯한 반응이다.

"저희 상단을 아시는 모양입니다."

"당연하죠. 작풍기와 자무인형 등을 만든 곳이 아닙니까? 게다가 이번에 천하 백대 상단 중 오십 위에 들었다고 들었습니다."

"하하하, 맞습니다."

"이거, 뵙게 되어 영광입니다."

그렇게 내가 그 상단의 사람과 이야기하는 동안 팔갑은 만두에 독이 있는지 검사했다.

조금도 긴장을 늦추어서는 안 되니까.

고개를 젓는 것을 보니 다행히 독은 없는 듯했다.

"이곳 요녕에 오랜만에 와서 그런데, 혹시 뭔가 큰 사건 같은 건 없습니까?"

내 물음에 그는 잠시 생각하다가 말했다.

"최근 들어 큰 사건이라면…… 아! 삼부상단이라고 혹시 아십니까?"

"물론 압니다."

"그 삼부상단이 지금 몰락해서 쪽박을 차게 생겼습니다."

"요녕에서도 나름 유명한 곳 아닙니까? 어쩌다……?"

"광준상단의 소단주에 대해 살인청부를 했다는 소문이 알음알음 퍼졌는데, 아무래도 사실인 듯합니다. 광준상단이 움직인 것을 보니 말입니다."

"광준상단 쪽에서 힘을 제대로 썼나 보군요."

"예, 맞습니다. 그곳의 소단주가 직접 나서서 철두철미하게 밀어 버렸다고 하더군요."

나는 속으로 씩 웃었다.

역시, 그래야 내 친우지.

이후로도 그 상인과 이런저런 이야기를 나누었다.

그러다가 밤이 깊어졌고, 나중에 만나면 차라도 한잔하자고 기약을 했다.

다음 날, 그 상인과는 작별 인사를 나누었고 오래지 않아 광준상단에 도착했다.

우리가 가까이 가자, 문지기가 다가와 물었다.

"어디서 오셨습니까?"

"은해상단의 은서호입니다. 소단주께 약속대로 무사히 돌아왔다고 전해 주십시오."

"알겠습니다."

그렇게 기다리기를 반 각 정도.

달려오는 소리가 들려 고개를 들어 보니, 반가운 얼굴이 보였다. 복윤 소단주다.

"어서 오십시오! 무사히 돌아오셨군요."

"네."

"어서 안으로 드십시오."

그는 내 일행을 힐끔 보더니, 갑자기 어두워진 표정으로 물었다.

"그런데, 일행이 한 명……."

"아. 진유 무사를 말하는 거군요. 잠시 일이 있어서 북해 쪽에 머무르고 있습니다."

"별일은 없는 겁니까?"

"물론입니다."

내 확답에 그는 가슴을 쓸어내리며 안도했다.

"다행입니다."

우리는 각자 숙소를 안내받았고, 따뜻한 물로 씻고 식사를 했다.

차까지 마시자 피로가 몰려오기 시작했다.

복윤 소단주도 우리가 장거리 상행을 다녀온 것을 생각

해서 내일 보자고 했으니 잘 됐다.

오늘은 진짜 푹 쉬어야지.

.

.

.

다음 날, 아침.

운기조식을 마치고 자리에서 일어나 밖으로 나오자, 마침 팔갑이 앞에 있었다.

"도련님, 복 소단주께서 오늘 조반을 함께 할 것을 청해 왔습니다요."

"그럼. 같이 먹어야지."

잠시 후, 나를 부르러 온 시종을 따라 식당으로 향했다.

새로 시종을 들인 것을 보니 그때의 상처는 많이 극복한 듯했다.

사실 시종을 들이지 않을 수는 없다.

소단주쯤 되는 사람이 이것저것 혼자서 다 챙길 수는 없으니까.

잠시 후, 식당에 도착하자 복윤 소단주가 이미 자리에 앉아 기다리고 있었다.

"좋은 아침입니다."

"네, 간밤에는 평안하셨습니까?"

"덕분에 아주 편히 쉬었습니다."

나는 자리에 앉아 품에서 호각을 꺼내 내밀었다.

"이걸 빌려 주신 덕분에 아주 편하게 다녀왔습니다."

"도움이 되었다니 기쁩니다. 그리고 무사히 다녀오셔서 다행이고요."

그때 음식이 나오기 시작했다.

우리는 이런저런 이야기를 나누며 식사를 했는데, 음식도 맛있고, 분위기도 좋고, 사람도 마음에 맞으니 시간 가는 줄을 몰랐다.

하지만 우리는 서로가 바쁜 사람들이다.

"언제 떠나실 생각이십니까?"

"내일 떠날 생각입니다."

"바로 가시는군요. 은 소단주도 바쁜 사람이니 이해는 갑니다만, 아쉽습니다."

"그건 저 역시 마찬가지입니다."

"혹, 기회가 된다면 다음 백대상단 연회 때 만날 수 있을까요?"

"꼭 참석할 수 있도록 하겠습니다."

"그때 다시 만나기를 기원하겠습니다."

그 말을 끝으로 복윤 소단주가 차를 마시며 입을 달싹였다.

"편하게 말씀하십시오."

"네?"

"뭔가 하고 싶은 말이 있는데 망설이고 있는 듯해서요."

"그게…… 저는 은 소단주와 제법 마음이 맞는다고 생각합니다. 그리고 나이도 마침 같고요. 그래서 말인데…… 저희, 친우라고 생각해도 되는 겁니까?"

그 질문에 나는 기꺼움을 느끼며 가볍게 받아쳤다.

"그럼, 지금까지 아니라고 생각하셨던 겁니까?"

"아, 아니! 그게 아니라……."

"저희는 처음 만났을 때부터 친우였습니다."

"아……."

내 말에 그의 표정이 밝아졌다.

"사실, 아버지께서 전에 제 목숨을 구해 주신 보답으로 은해상단에 선물을 좀 보냈습니다."

"네? 선물이요?"

"상단에 가 보시면 알 겁니다."

싱글싱글 웃는 것을 보니 제법 큰 선물인 듯했다. 그리고 그걸 알려 줄 생각은 전혀 없어 보이고.

"즐거운 마음으로 기대하겠습니다. 그럼, 감사 인사를 드려야 하는데……."

"아쉽게도 아버지는 지금 출타 중이십니다."

"그럼 인사는 다음으로 기약해야겠습니다. 그나저나 들리는 소문에 의하면 삼부상단이 박살 났다면서요?"

"아! 그거요?"

복윤 소단주가 웃으며 말을 이었다.

"제 목숨을 노린 놈에게까지 자비를 베풀 필요는 없지 않겠습니까?"

"맞습니다."

다음 날, 아침 일찍 광준상단을 떠났다.

그나저나 북경에 들러서 황제 폐하를 뵙고 내려가야겠군.

* * *

북해빙궁.

소궁주 빙해린은 궁주 앞에 섰다.

하얀 머리카락의 미녀는, 언제나 이곳에서 덧없는 세월을 세며 지낼 뿐이다.

처음에는 이해가 되지 않았지만, 이제는 빙해린도 알고 있다.

북해빙궁의 궁주가 중원에 나서는 날, 중원이 얼어붙게 된다는 것을.

하여 웬만한 일은 소궁주인 그녀가 처리하고 있었다.

빙해린은 궁주에게 일련의 일을 보고했다.

"하여, 본궁을 노린 흉수는 저희 궁에 대한 정보를 마교도에게 얻었다고 합니다."

"마교도에게서 얻은 거라고 생각하고 있는 거겠지. 마교와 우리가 조약을 맺은 지가 언제인데."

"저 역시 그리 생각합니다."

"마교와 우리가 불가침 조약을 맺은 것을 모르면서, 우리를 노리는 곳이라면 한 곳뿐이지."

"무림맹이군요."

"무림맹…… 과연 지금 그들을 무림맹이라고 할 수 있을까?"

"……."

"아무튼, 그 흉수는 알아서 죽이도록. 뭐 이미 반은 죽은 상태겠지만. 그리고 그 은인의 부탁대로 이 일은 우리 빙궁 사람들끼리 해결한 것으로 해 두어라."

"네."

"객잔 수리도 알아서 하고."

"네."

빙해린이 잠시 머뭇거리다가 말했다.

"저, 이번 일이 마무리되면 잠시 외출을 하고 싶습니다."

"외출? 혹시 또 무림맹의 뒤를 캐려는 거니?"

"……."

"잊지 말거라. 너는 소궁주란다."

"알고 있습니다. 하지만 저는 그들을 용서할 수 없습니다. 그들은…… 제 아버지를 죽인 놈들입니다."

그 말에 궁주 역시 분노를 보였다.

"나 역시 그들을 용서할 수 없다. 하지만 나는 그 분노를 억누르고 있지. 언젠가 복수할 기회가 올 테니까."

그녀가 하늘을 보며 말을 이었다.

"그 예언대로 말이야."

* * *

북경.

황궁에서는 오늘도 수많은 신료들이 분주하게 오갔고,

황제는 한숨을 내쉬며 업무를 처리하고 있었다.

"인재는 대체 언제 충원되는 것인지."

황제는 중얼거리며 두루마리를 돌돌 말아 옆에 탁 던졌다.

그때 문이 열리고 내관 하나가 들어와, 시립해 있던 정 태감에게 작은 목소리로 말했다.

정 태감은 황제에게 다가갔다.

"황제 폐하."

"뭐냐?"

"은서호 공자가 지금 막 북경에 들어섰다고 합니다."

"그래?"

황제는 눈이 반짝였고, 허리를 곧추세웠다.

"음, 그래도 먼 여정이었으니 하루 정도는 쉴 시간을 주어야겠지."

"황제 폐하의 은혜에 감읍할 겁니다."

"그럼 오늘 푹 쉬고, 내일 들라 해라."

"명을 받듭니다."

"과연, 내가 준 감찰어사의 직위를 계속 가지고 있을 만한지 확인해 보는 것도 나쁘지 않겠지. 그리고 그 녀석과 대화를 하다 보면 뭔가 재밌단 말이지."

* * *

북경에 도착한 나는 고모 댁인 연준상단에 도착했다.

이전 삶에서는 이곳에 그리 많이 들르지 않았었다.

아마 선일 형님 때문에 근심이 가득한 고모님을 뵙는 것이 부담스러워서였겠지.

하지만 이번 생에서는 마음 편히 들러서 신세를 지고 있다.

"어서 오너라. 갔던 일은 어땠니?"

"네, 잘 해결하고 왔습니다."

"그래, 그런데……."

고모님이 하실 말을 예상한 나는 얼른 말을 이었다.

"아, 진유 무사는 상단 일 때문에 잠시 그곳에서 머물고 있습니다."

"아, 그렇구나. 한 명이 보이지 않아서 혹시나 했단다."

"저희 모두 아주 멀쩡합니다."

내 말에 고모님은 고개를 끄덕이셨다.

"그래, 무사하다니 다행이구나."

고모님은 나를 보며 묘한 미소를 보이셨다. 뭐지?

"방금 태감께서 다녀가셨단다."

"네?"

"오늘 푹 쉬고 내일 황궁에 들라는 명을 전하고 가셨단다."

"아……."

황제 폐하가 나를 왜 부르는지 알 것 같았다.

굳이 부르지 않으셔도 내 발로 가려고 했는데 말이지.

.

.

.

다음 날 아침.

아침을 먹자마자 나는 황제가 보낸 사람을 마주했다.

"어…… 진영 대협."

"네, 또 뵙는군요."

"……."

"황제 폐하께서 보내셨습니다. 데리고 오라고 하시더 군요."

"……."

미적거리지 말고 후딱 오라는 뜻이군.

나는 속으로 투덜거리며 진영 대협과 함께 황궁으로 향했다. 덕분에 대기하는 시간 없이 바로 황궁으로 들어갈 수 있었다.

"전에 봤을 때 황제 폐하에 대한 충심이 남달라서 눈여겨봤었는데, 역시 황제 폐하의 총애를 받을 만합니다."

"하하하. 그래도 진영 대협만 하겠습니까?"

처음 만났을 때, 황제 폐하의 성지를 받들며 감격스러워하는 연기를 너무 열심히 한 듯했다.

곧 나는 황제 폐하가 계신 곳으로 들어갔다.

"소상, 은서호. 황제 폐하를 뵈옵니다. 만세 만세 만만세!"

나는 그리 외치며 부복했다.

"일어나도 좋다."

"성은이 망극하옵니다."

황제는 흥미로워하는 눈빛으로 나를 보며 물었다.

"그래, 북해에 갔다 오면서 무엇을 보았느냐?"

그냥 가볍게 물은 것이지만, 나는 그 질문의 진의를 알아차렸다.

감찰어사의 패를 지니고, 자유롭게 다니느냐.

아니면 황제 폐하의 업무 노예가 되느냐.

황제는 그걸 판단하기 위해 나에게 질문하는 것이다.

어느 정도 예상하기는 했지만, 긴장되는 것은 어쩔 수 없었다.

차분하게 심호흡을 하고는 말했다.

"제가 북해를 오가면서 본 것은, 세상에는 좋은 사람도 많지만 나쁜 사람도 많다는 겁니다."

"할 말이 그것뿐이냐?"

"제가 모든 것을 설명할 수 있지만, 황제 폐하의 시간을 뺏을까 염려하여 간략하게 말씀드린 것입니다."

"머리 굴리기는……."

"네?"

"아니다. 그럼 네가 본 좋은 사람과 나쁜 사람에 대해서 한 가지 사례씩 설명해 보아라."

"네."

나는 설풍이 온다는 것을 알려 주고 자신의 움막으로 들어오게 해 준 사냥꾼의 이야기와 그 사냥꾼 부족을 등쳐 먹었던 상인에 대한 이야기를 했다.

그것이 이야기하기에 가장 무난한 것이었기 때문이다.

다른 이야기들은 대부분 내 비밀에 연관된 것들이니까.

하여 그것만 이야기하기 위해서, 일부러 '시간을 뺏을까 염려한다.'라고 한 것이다.

"그래? 참으로 갸륵한 사냥꾼들이구나."

"모두 황제 폐하의 은덕입니다."

"그게 어찌 내 은덕이겠느냐? 그들이 착한 거지."

"……."

내 아부에 정색하시는 것을 보니, 성군은 성군이시다.

"하지만 그들을 등쳐 먹는 상인들이 있다는 거지? 아무리 등쳐 먹어도 그렇지 그 정도면 사기꾼인데?"

"저 역시 그리 생각합니다."

"그래서, 그냥 놔둘 생각이냐?"

"저는 일개 감찰어사일 뿐, 제게 무슨 권한이 있겠습니까."

솔직히 감찰어사는 황제의 명을 받았기에 그 위상이 높을 뿐이지, 실제로 처벌할 수 있는 권한 같은 것은 없다.

"자꾸 사가에서 쓰던 말투 쓰게 할래?"

"네?"

"내가 네놈을 모르겠느냐? 그런 거 없어도 잘만 골로 보낼 놈이."

"……."

역시 황제다.

나는 씨익 웃으며 대답했다.

"황제 폐하의 말씀대로 제가 손을 좀 봐 줄 생각은 있습니다. 하지만 황제 폐하의 허락이 없이 제가 어찌 사사로

이 벌하겠습니까? 사소한 응징, 그 이상은 무리입니다."

"내가 이래서 네놈과의 대화가 재밌다는 거다."

황제의 말투가 다시 위엄 있는 말투로 되돌아왔다.

"그래, 나를 위해 열심히 일하는 충성스러운 신하에게 무엇을 주면 좋을까?"

황제는 잠시 턱을 괴며 고민하더니, 태감에게 뭔가를 지시했다.

그리고 태감이 가져온 고급스러운 두루마리에 뭔가를 적고는 옥새를 찍어 나에게 주었다.

"……?"

그 내용을 본 나는 나도 모르게 올라가려는 입꼬리를 조절하기 위해 애를 썼다.

황제가 내린 것은 직권 조사를 할 수 있는 권한을 명시한 문서였다.

"신료 중에는 상행위란 천한 것이라 격하시키는 이도 있지만, 내 생각은 다르다. 상행위란 물산이 골고루 돌게 하여 경제를 건강하게 만드는 행위."

황제는 말을 이었다.

"하지만 몸에도 병이 있듯이, 상거래에도 병이 있고 그것이 그런 사기를 치는 자들이겠지."

"지당하신 말씀이옵니다."

"상거래에 그런 병이 없어야 백성들의 민생이 편안한 법이지. 내가 너의 뒷배가 되어 줄 터이니, 상거래를 더 럽히는 놈들을 한번 잘 처리해 봐라."

"성은이 망극하옵니다."

"그래, 됐다. 그럼 가 봐라."

"그럼, 소상은 이만 물러가겠습니다."

나는 황제 앞에서 물러났다.

후, 역시 쉽지 않다.

나름 두 번째 삶을 사는 나인데도 황제 폐하는 결코 방심할 수 없는 상대였다.

나를 총애하고는 있지만, 아직은 줄타기를 하는 느낌이 강하다.

내가 삐끗하면 그대로 나락인 것.

그래도 내게 좋은 쪽으로 이야기가 흘러가서 퍽 만족스러웠다.

다음 날 아침.

나와 일행은 은해상단으로 출발할 준비를 했다.

"먼 여정에 힘들 텐데, 더 쉬었다 가지 않고?"

고모님의 말에 나는 웃으며 말했다.

"저도 그러고 싶은데, 상단 일을 더 미루다가는 감당이 안 될 것 같아서요."

"그럼 할 수 없지."

"그럼 다음에 뵙겠습니다."

우리는 작별 인사를 나누고는 호북성을 향해 말을 몰았다.

이제는 익숙해진 길이었기에, 거침없이 말을 달렸다.

"어?"

그때, 멀리서 다가오는 한 무리가 보였고, 그 익숙한 문양에 나도 모르게 미소를 지었다.

나를 알아보았는지, 그 행렬이 멈췄다.

펄럭이는 은해상단의 깃발이 무척 반가웠다.

마차에서 두 남자가 내려서 다가왔다.

"소단주님 아니십니까?"

"두 분을 이렇게 길에서 만나니 더 반갑습니다."

마차에서 나온 이들은 은해상단의 수 대행수와 임 행수였다.

수 대행수는 새로운 거래나 계약을 체결할 때 일정 권한을 위임받고 갈 정도의 위치였고, 임 행수는 가죽 쪽을 전문으로 다루는 인물.

두 사람의 조합을 보면 무슨 일인지 알 만하다.

"지금 북해 쪽으로 가시는 겁니까?"

"맞습니다. 이번에 소단주님께서 이루어 내신 성과라고 들었습니다."

수 대행수의 말에 나는 귀밑을 긁적였다.

"성과라기보다는, 그냥 얻어걸린 겁니다."

"그게 얻어걸려서 되는 거라면 세상 사람 중 성공하지 못하는 자들이 없겠지요. 그러니까 그리 말씀하지 마십시오. 저 조금 슬퍼지려고 합니다."

장난스럽지만, 약간 뼈가 있는 말이었다.

"하늘의 도우심이 좀 있었습니다. 어쨌든 잘 부탁드립니다. 당장도 이득이 되겠지만, 장기적으로 큰 이득이 될 수 있는 곳이니까요."

"알겠습니다. 걱정하지 마십시오."

나는 금자가 몇 개 든 작은 주머니를 꺼내 수 행수에게 건넸다.

"혹시 모르니 받아 주십시오."

"아닙니다. 이런 것까지 주지 않으셔도 괜찮습니다."

"제 마음입니다. 멀고 고된 여정이 되실 텐데, 중간에 급전이 필요할 수도 있지 않습니까? 그렇다고 상단 공금을 쓰기도 그럴 테고요."

"험험, 그렇긴 하죠."

"게다가 거기까지 가는 길이 좀 험합니까? 그러니까 중간중간, 상단 직원들의 사기도 좀 북돋아 주시고요."

"그럼, 감사히 받겠습니다."

수 대행수는 내가 건넨 주머니를 품에 넣으며 감사를 표했다.

"비록 변방의 지부장이 되셨지만, 그곳은 저희 은해상단에 있어 상당히 중요한 곳이 될 겁니다. 그러니 잘 부탁드립니다."

"여부가 있겠습니까. 그런데 제가 지부장이 되었다고 말씀드렸던가요?"

"아뇨. 그냥 여러분 일행을 딱 보니 알 것 같아서 말씀드린 겁니다."

"역시 소단주님이시군요."

그때 임 행수가 말했다.

"그리고 보니 소단주님, 광준상단에서 제법 큰 선물을 보냈더군요."

아, 맞다. 복윤 소단주의 아버지가 선물을 보냈다고 했었지.

"혹시, 그 선물이 뭔지 보셨습니까?"

"하하하, 가 보시면 압니다."

대체 무슨 선물이기에 그러는 거지?

그들은 미소를 지을 뿐, 대답을 해 주지 않았다.

그렇게 그들과 헤어졌다.

이제 북경을 겨우 벗어났으니…… 한참 더 가야 호북성이구나.

.

.

.

그렇게 몇 날 며칠 동안 말을 달린 우리는 어느덧 호북성에 들어섰다.

"흡! 하! 흡! 하!"

"뭐 하냐?"

내 물음에 팔갑이 대답했다.

"오랜만에 고향에 돌아왔더니 좋은 냄새가 나서 그렇습니다요."

냄새? 무슨 냄새가 난다고.

하긴, 곰은 후각이 좋으니까 그럴 수도 있으려나.

나도 거의 넉 달 가까이 다른 지역에 갔다가 돌아왔더니 뭔가 정겨운 기분이 들긴 하네.

포근한 이불 속에 들어간 느낌이랄까?

곧 우리는 은해상단에 도착했다.

"어서 오너라."

"고생 많았다."

아버지와 어머니가 나를 맞아 주셨다.

"소자, 무사히 잘 다녀왔습니다."

"진유 무사는 그곳에 있다고 했지?"

"네. 아버지."

"그곳에 지부를 세우고, 가죽을 가져올 인원들은 이미 출발했다."

"네, 오다가 북경 근처에서 만났습니다. 수 대행수와 임 행수를 보내셨더군요."

"그래, 수 대행수를 지부장으로 보냈지. 그나저나……."

아버지가 묘한 표정으로 말끝을 흐렸다.

"무슨 일이십니까?"

"아니, 나쁜 것은 아니다만. 광준상단에서는 대체 무슨 일이 있던 것이냐?"

"조금 도움을 주고, 좋은 인연을 맺었습니다. 그러고 보니 선물을 보냈다고 하던데, 그 선물이 뭐였습니까?"

아버지가 잠시 뜸을 들이다가 대답했다.

"준마다."

"네?"

"준마 백 필을 보냈다."

"……."

나도 말문이 막히고 말았다.

이 지역에서 그 정도의 말이라면 어마어마한 가치였으니까.

나는 씻기 위해 별당으로 향했다.

오랜만에 돌아왔지만, 관리를 잘하고 있었는지 깨끗했다.

재빨리 씻고 나온 나는 먼저 조부님께 인사를 드린 후 정호 형의 별당으로 향했다.

"건혁이랑 보연이가 나를 잊어버리지는 않았겠지?"

내 물음에 팔갑은 한숨을 내쉬었다.

뭔가 할 말이 많지만 하지 않겠다는 표정.

"왜?"

"아닙니다요."

우리는 정호 형의 별당에 도착했다.

정호 형은 바빠서 현재 상단에는 없었다.

황실 비단 납품 상단을 선정하는 날이 얼마 남지 않았으니까.

"형수님, 저 왔습니다."

"어머! 도련님, 어서 오세요. 잘 다녀오셨나요?"

"네. 덕분에 잘 다녀왔습니다. 별일 없으셨습니까?"

"그럼요."

형수님은 손뼉을 짝 치며 말했다.

"아! 건혁이랑 보연이랑 인사하셔야죠."

곧 유모가 두 아이를 데리고 왔다.

"안녕?"

내 인사에 건혁이랑 보연이는 나를 빤히 바라보다가 웃음을 터트렸다.

"까르르!"

"까륵!"

그 모습에 나는 환한 미소를 지었고, 두 아이도 나를 보며 연신 방긋방긋 웃었다.

옆에서 팔갑이 중얼거리는 소리가 들렸다.

"역시, 잘생긴 것만 기억하는 더러운 세상."

"뭐라고 했어?"

"아무것도 아닙니다요."

그렇게 가족들을 다 보고 난 후, 아버지의 집무실로 향했다.

"이제야 편하게 이야기할 수 있는 시간이 되었구나."

"네, 그러네요."

"우선, 무사히 잘 다녀와서 다행이다."

"어머니께서 매일 천지신명께 비신 덕분이지요."

"하하하."

아버지는 고개를 끄덕이고는 나를 보며 말씀하셨다.

"너도 참 묘하다. 어떻게 나갔다 오기만 하면 이렇게

뭔가를 물어 오는지……."

"제가 좀 그렇…… 기는 하네요."

"대체 무슨 도움을 주었기에 준마를 백 필이나 받은 것이냐?"

나는 아버지에게 복윤 소단주와의 일을 설명했다.

"복윤 소단주를 구해 주었다? 과연, 그렇게 된 것이구나."

"네. 그건 그렇고, 대체 준마의 질이 어느 정도기에 아버지께서 그렇게 놀라신 겁니까?"

아버지께서 묘하게 흥분하신 것이, 준마도 보통 준마가 아닌 듯했다.

"허허, 정말 아무것도 모르나 보구나. 직접 보러 가자꾸나. 너도 직접 보면 나와 똑같은 반응일 거다."

아버지는 자리에서 일어나 나를 데리고 마굿간 쪽으로 향했다.

그리고 잠시 후,

"……."

아버지의 말씀대로 나도 말문이 막혔다.

이 정도면 준마들 중에서도 최상급인데? 아마 광준상단에서도 고르고 고른 말들일 거다.

너무 과한 선물에 조금 부담이 되었다.

"혹시 서신 같은 거 없었나요?"

내 물음에 아버지가 기다렸다는 듯이 옷소매에서 서신을 꺼내 나에게 건네주셨다.

"아직 안 뜯어 보셨네요?"

"그건 네게 따로 보낸 서신이니까."

나는 그 서신을 읽어 보았다.

[은 소단주, 자네가 알아차렸는지 모르지만 윤이는 우리 상단의 희망이네. 영이는 영 상재가 없으니까. 보낸 선물을 너무 부담스러워하지 말게. 준마 백 필을 어찌 우리 상단의 미래에 견줄 수 있겠는가? 그러니 돌려줄 생각 하지 말고 잘 쓰도록 하게나.]

나는 피식 웃었다.

이전 삶에서 광준상단이 어찌 됐는지 알고 있었기에 나는 감사히 선물을 받기로 했다.

"그럼 이제 저녁 먹으러 가자꾸나."

"네."

.

.

.

다음 날 아침.

운기조식을 마치자마자 사부님께서 내 별당 안으로 들어오셨다.

"제자, 사부님의 의뢰를 마치고 돌아왔습니다."

내 인사에 사부님이 포권하며 허리를 숙이셨다.

"제 부탁을 들어주셔서 감사합니다."

"너무 과한 예입니다. 제자 된 자로서 마땅히 해야 할 일이었으니까요. 그런데 상처는 괜찮으십니까?"

"네, 이제 거의 다 나았습니다."

사부님은 몸을 바로 하시며 말했다.

"그럼 수련을 시작하겠습니다."

"……."

내게 요청한 의뢰에 대해 궁금하실 텐데, 수련부터 먼저 하자고 하시는 것을 보면 사부님도 참 대단하신 분이다.

"출발하시기 전에 열 번째 초식인 설붕까지 배웠으니, 열한 번째 초식인 백야를 배우겠습니다. 그전에."

사부님이 나를 보며 말씀하셨다.

"복습하는 차원에서 첫 번째 초식인 강설부터 차례대로 초식을 펼쳐 보십시오."

"알겠습니다."

나는 검을 들었다.

그리고는 설풍궁의 남겨진 흔적에서 만난 조사님께 감금당해서 강제로 폐관수련했던 기억을 떠올렸다.

그렇게 움직이는 내 검을 보던 사부님의 눈이 점점 커졌다.

첫 번째 초식 강설을 시작했을 때부터 열 번째 초식인 설붕까지 펼치는 동안 사부님께서는 내내 입을 다물지 못하셨다.

"이, 이게 어찌 된 것입니까? 지금 국주님께서 펼치신 진설십이식은 제 기억 속 설풍궁의 벽화에 그려져 있던 것과 같습니다!"

"사실, 사부님의 의뢰를 받아 설풍궁의 남겨진 흔적을 찾던 중에 설풍궁의 조사님을 만나 뵈었습니다."

"……."

"그리고 아주 오랜 시간, 동공에 갇힌 채 조사님께 진설십이식검법을 배웠습니다."

"아주 오랜 시간이라면?"

"체감상 몇 년은 족히 지난 듯했습니다만…… 진설십이식을 대성하자 저는 다시 현실로 돌아왔고, 실제로는 일 각도 지나지 않았을 뿐이었습니다."

내 말에 사부님은 고개를 끄덕이셨다.

"그러고 보니 아주 어릴 때 조부님께 들은 기억이 납니다. 조사님께는 진법에 밝은 친우분이 있으셨다고 하더군요. 그 친우분의 도움을 받은 듯합니다."

"그랬군요."

나는 뺨을 긁적였다.

"그런데, 조사님께서는 그런 곳이 몇 군데 더 있다고 하셨습니다만……."

"……?"

"제가 가야 그 대법이 발동된다고 하셨습니다."

"혹시, 체질 때문입니까?"

"그런 듯합니다."

사실은 조사님의 안배로 인해 두 번째 삶을 살게 된 당사자기 때문이지만, 그것까지는 말씀드릴 필요가 없으니까.

"그럼 조사님께서는 제가 국주님을 제자로 삼을 것을 이미 알고 계셨다는 의미군요."

"예, 아마 그렇지 않을까 합니다. 심지어 설풍궁이 멸문당할 것까지도 아신 것 같습니다. 그래서 그렇게 무공이 실전(失傳)되지 않도록 그런 대법을 준비하신 것이 아닐까 합니다."

"그렇겠군요."

"마지막으로……."

나는 사부님께 작은 목소리로 속삭였다.

"혹시, 비밀 금고 같은 거 있으십니까?"

"……?"

"조사님께서 제법 많은 재물을 남겨 주셔서 그것을 전해 드려야 할 것 같습니다."

내 말에 사부님은 반신반의하며 나를 데리고 어디론가 가셨다.

그곳은 인적 드문 숲속의 장원이었다.

"이곳이 저희 설풍궁의 비밀 안가입니다."

"규모가 제법 되는군요. 그러면 재물은 어디에 두면 될까요?"

내 말에 사부님은 어느 방을 가리켰다.

"저기 안에 두면 됩니다."

나는 그곳에 조사님이 설풍궁에 남기신 재물을 꺼내 놓았다.

우르르르-.

내 비고를 사부님께 보이는 것이 괜찮을까 싶었지만, 언제까지나 비밀로 할 수는 없었다.

팔갑에게도 말할 생각이다.

나에게는 그럴듯한 핑계가 있었으니까.

"……!"

사부님께서는 그 재물을 보고 깜짝 놀라 두 눈을 비비셨다.

그제야 이게 현실이라는 것을 믿으신 듯, 고개를 절레절레 흔들었다.

"아, 아니, 그보다 어떻게 이것들을 다 가지고 온 것입니까?"

"황제 폐하께서 선물해 주신 기물 덕분입니다. 창고처럼 공간을 쓸 수 있는 것입니다."

"그랬군요."

그 순간, 사부님의 눈에서 눈물이 주룩 흘렀다.

"어, 사, 사부님!"

나는 당황할 수밖에 없었다.

이번 생과 저번 생을 통틀어 처음 보는 사부님의 눈물이니까.

"왜, 왜 그러십니까?"

"이렇게 많은 재물이라니! 크윽! 그동안 활동 자금을 모으느라 그 고생을……."

"……."

그제야 사부님께서 왜 표국에서 일하시는지 알 것 같았다.

활동 자금을 모으기 위함이었구나.

하긴 문파 재건 비용이 한두 푼이어야 말이지.

잠시 후, 간신히 진정하신 사부님께서 나에게 물으셨다.

"혹시, 조사님께서 더 남기신 말씀은 없으셨습니까?"

"설풍궁을 재건해 달라고 하셨습니다."

"그렇군요. 그건 설풍궁의 후인으로서 당연히 해야 하는 일입니다."

"그래서 말인데, 진설십이식검법을 개량해도 되겠습니까?"

"네? 하지만 그건 가문의……."

"아닙니다. 아마 전수되는 과정에서 조금 문제가 있었던 모양입니다. 조사님께서는 진설십이식검법이 모든 제자가 익힐 수 있는 검법이라고 하셨습니다."

"……그렇군요."

사부님은 내게 자세한 이야기를 듣고는, 진설십이식검법을 개량하는 것에 대해 동의하셨다.

.

.

.

어느덧 낙엽이 지고 있었다.

북해에 다녀오는 사이, 여름이 지나고 본격적인 가을이 되어 있었다.

나는 여느 날과 다름없이, 아침을 먹고 은월각으로 향했다.

은월각 회의가 있기 때문이다.

"……그건 그렇게 하고, 다음 안건은 뭔가?"

아버지의 말에 상유각의 연 각주가 나섰다.

"호남성에서 문제가 생긴 듯합니다."

"호남성에서?"

"네, 동정호 근처에서 운영하던 저희 상단의 상점은 임대 형식입니다. 그런데 그 주인이 다음 달까지 상점을 비워 달라고 합니다."

"뭐? 갑자기 상점을 비우라고?"

그 말에 은풍대의 고 총관이 말했다.

"그럼 그냥 그 상점을 사지 그러나? 그럴 돈이 없는 것도 아닌데?"

"저도 그러려고 했지만……."

연 각주가 한숨을 내쉬며 말을 이었다.

"절대 팔지 않겠다고 버티더군요. 시세의 열 배를 주면 모르겠다고 합니다만……."

"……."

그제야 우리는 상황을 이해할 수 있었다.

그 악명 높은, 알짜 상점 날로 먹기다.

43장. 화리선점

화리선점

내가 먼저 나서서 말했다.

"그러고 보니, 전에 들은 바가 있습니다. 장사가 잘 되는 상점의 점주를 내쫓고 그 상점의 주인이 그대로 장사를 한다고요."

"그래, 참으로 고약한 일이지."

아버지는 혀를 찼다.

"하지만 법적으로 제재를 가할 수 없으니 문제이지. 물론 도의적인 문제가 따르지만 그걸 신경 쓰는 자들이 그런 짓을 하겠느냐?"

하긴 그것도 그렇지.

아버지가 한숨을 내쉬며 말했다.

"그렇다고 시세의 열 배나 주고 살 수는 없는 노릇이니, 거기는 포기해야겠구나."

"다른 방법이 없을까요?"

"한번 궁리해 봐야지."

하지만 문득 든 생각.

아무리 점포의 주인이라고 해도 은해상단에 비하면 고작 일개 점포 주인인데 우리에게 그렇게 무리한 요구를 한다고?

이제 우리 상단은 천하 백대 상단 중에 사십구 위다.

우리가 도의적인 사람들이라 그렇지, 좀 수단과 방법을 가리지 않는 상단에게 그랬다가는 무슨 일을 당할지도 모를 텐데.

아버지가 말한, 도의적인 문제를 신경 쓰지 않는 자들의 공통점은 강자에게는 철저히 굽히고, 약자에게 거만하다는 거다.

"아버지, 뭔가 좀 이상합니다."

모두가 내게 시선을 집중했고, 나는 차분히 내 생각을 밝혔다.

아버지를 비롯한 다른 분들 모두 고개를 끄덕였다.

"솔직히, 이상하긴 하군."

"그렇습니다. 저희가 그런 해코지를 한 적이 없다고는 해도, 이제 은해상단이라는 이름만으로도 두려워하는 이들이 많습니다. 그런데 이런 짓을 벌이다니……."

"아무래도 조사가 필요할 듯합니다."

연 각주의 말에 아버지는 고개를 끄덕였고, 나를 바라보셨다.

음?

설마?

하지만, 내 불길한 예감은 틀리지 않았다.

"다녀오너라."

"네?"

"네가 가장 적합한 듯하구나."

아버지의 말에 다른 이들 모두 고개를 끄덕여 동의를 표했다.

아니, 저도 바쁜데요?

그리 항변하려던 나는 멈칫했다. 생각해 보니 내가 가장 한가했으니까.

그렇게 나는 호남성의 동정호로 향하게 되었다.

.

.

.

동정호.

중원에서 가장 큰 호수로서, 악양루와 호수에 비친 가을의 달로 유명하다.

그 풍경이 아름다워 풍류를 아는 사람이라면 반드시 한 번 정도는 악양루에 올라 시를 읊는 것을 일생의 소원으로 꼽을 정도.

아무튼, 이곳은 우리 같은 상인들에게 치열한 경쟁이 벌어지는 곳이기도 하다.

"그러니까, 저곳이 우리 상단의 상점이구나."

"그런 듯합니다요."

동정호는 그 크기가 어마어마했기에 그곳을 제대로 보기 위해서는 두 가지 방법이 있었다.

높은 누각에 올라가는 방법과 배를 타는 방법이다.

마차나 가마를 타고 호수를 도는 방법도 있긴 했지만 시간 관계상 힘들었다.

그러다 보니 두 업종은 동정호 인근에서 매우 인기가 많았으며, 경쟁도 치열했다.

이번에 쫓겨나게 생긴 우리 상단 산하의 상점은 배를 소유한 곳인데, 다른 곳과는 다르게 좀 특별했다.

그곳은 여전히 사람들이 붐볐고, 줄지어 서서 차례를 기다리고 있었다.

나는 그것을 보며 연 각주에게 들었던 설명을 떠올렸다.

"화리선점(花鯉船店)의 점주는 강승(姜丞)이라는 자입니다. 그는 상재가 있는 편인 데다가, 사람들이 무엇을 원하는지 빠르게 알아차리는 재주가 있습니다. 그래서 주머니 사정이 넉넉하지 않은 이들을 위해서 큰 배로 동정호를 한 바퀴 도는 방식을 고안해 사업을 성공시켰습니다."

"그렇군요. 그런데 하나 궁금한 게 있습니다."

"말씀하시지요."

"입지가 좋았던 곳이라면 그 상점을 미리 사들였으면 좋았을 텐데, 어찌하여 아직까지 임대였던 겁니까?"

"사정이 있습니다. 큰 배를 구입하느라 여유 자금을 그곳에 다 쏟아부은 탓에 상점을 살 여유가 없었습니다."

"그런 거였군요."

그제야 이해가 갔다.

본단도 아니고 이런 상점에서 큰 배를 구하는 것만 해도 꽤나 무리한 것일 텐데, 상점을 살 여유까지는 불가능했겠지.

"아직 배를 사기 위해 융통한 돈도 다 갚지 못했지요."

그런 상황에서 추가로 돈을 더 융통하기도 힘들었을 거다. 형평성 문제가 제기될 테니까.

그렇게 잠시 화리선점을 지켜보고 있을 때였다.

"에헴! 여기 강 점주 있는가?"

한 무리가 화리선점으로 몰려가 점주를 찾았고, 잠시 후 한 중년의 사내가 나와 그들에게 다가갔다.

"안녕하십니까? 천 대인."

"그래, 이곳을 비울 준비는 잘 되고 있나 보러 왔더니만, 그럴 기색은 전혀 보이지 않는군."

"……걱정 마십시오."

"흥. 약속한 기한까지 꼭 비워 놓게나. 그럼 이만."

강 점주라 불린 이는 그 중년 사내의 뒷모습을 보며 몸을 부들부들 떨었다.

저 중년인이 저 건물의 주인이구나.

이곳으로 오기 전에 새로 만든 정보대에게서 받은 정보를 떠올렸다.

이름은 천득여.

동정호 근처의 점포 이십여 개를 소유한 인물.

나는 여응암 무사를 불렀다.

"여 무사님."

"네. 주군."

"저기 가운데 서 있던 남자가 천득여라는 사람이거든요. 혹시 누군가 접촉하지 않는지 감시 좀 부탁드립니다."

"알겠습니다."

"그리고 팔갑아."

"네, 도련님."

"강 점주에게, 오늘 밤 내가 찾아가겠다고 전해 줘."

"알겠습니다요."

* * *

천득여의 집안은 대대로 동정호 근처의 점포들에게서 임대료를 받아 부유한 삶을 누렸다.

나름 지역 유지로서 불편한 것이 없어 유유자적 지내고 있었다.

어느 날, 그와 자주 어울리는 친우 중 하나가 은근슬쩍 말을 꺼냈다.

"저기, 화리선점이 자리하고 있는 점포가 자네 거라고 하지 않았나?"

"맞네."

"자네는 참 속도 좋아."

"응? 그게 무슨 소리인가?"

"저기 저 화리선점에서 벌어들이는 돈이 얼마인데. 고작 임대료 그거 받고 만족하는 건가?"

"그럼 어쩌겠나? 저 화리선점이 그냥 화리선점인가? 그 은해상단에 속한 곳 아닌가?"

"험험."

그 말에 친우가 말했다.

"그래도 호북성의 상단 아닌가? 거리가 멀면 마음도 멀어진다는 말이 있듯이, 이곳은 호남성인데 설마 이 먼 곳까지 그리 신경을 쓰겠나?"

"……."

그 친우는 주변을 두리번거리다가 그에게 작게 속삭였다.

"사실, 대건상단에서 저곳을 가지고 싶다고 하네."

"대건상단에서 말인가?"

대건상단은 호남성을 기반으로 한 상단으로, 역시 천하 백대 상단 중 한 곳이었다.

"잘만 하면 지금 받는 돈보다 더 많은 돈을 벌 기회라고 보는데."

그 말에 잠시 침묵하던 천득여가 친우에게 말했다.

"혹시 자네, 대건상단에서 보냈나?"

"이런, 들켰군."

"자네!"

"하지만 이건 자네에게 득이 되는 일이기에 자네를 설

득하는 일을 받아들인 거네. 내 친우에게 손해가 되는 일이라면 절대 받아들이지 않았을 거네."

"……."

"그러니 잘 생각해 보게."

이틀 후, 천득여는 친우와 함께 대건상단을 찾았다.

그들과 협력하는 대가로 그에게 약속된 것은 전체 수입의 사 할.

현재보다 월등히 좋은 조건이기에 그는 만족스럽게 제안을 받아들였다.

천득여는 화리상점에 독촉을 마치고 돌아와 행복한 꿈에 젖었다.

이제 열흘만 있으면 훨씬 많은 돈을 벌 수 있을 터.

그런 그에게 시종이 다가왔다.

"대인, 대건상단에서 찾아왔습니다."

"들라 해라."

"네."

* * *

야심한 밤.

동정호를 화려하게 물들이던 배의 등불이 사라진 지금, 동정호에는 쓸쓸함마저 감돌고 있다.

하긴, 지금 이 시간은 주루에서 술을 진탕 마시며 놀던 이들도 집에 들어가 잘 시간이지.

나는 화리선점 안으로 들어갔다.

듣기로 상점에서 숙식하며 지냈다고 했으니, 이 시간에도 이 안에 있겠지.

탁자에는 작은 등불이 켜져 있었고, 한 남자가 고민에 빠져 있었다.

아까 보았던, 강승 점주였다.

그는 나를 보고도 당황하지 않고, 자리에서 일어나 포권했다.

"소단주님을 뵙습니다."

내가 상단에서 현풍국의 국주를 맡고 있지만, 공식적인 지위는 소단주니까.

"저희는 초면인데 제가 소단주라는 것을 어찌 아셨나요?"

"얼굴에 여유가 있고, 입은 옷이 고급이니까요. 이곳은 상대적으로 주머니가 가벼운 분들이 찾으시는 곳입니다. 그리고 가격표에 눈길을 주지 않으시는 것을 보니 배를 타는 것이 목적이신 것도 아닐 테고요."

"그렇군요."

연 각주의 말대로 눈썰미가 좋고, 눈치도 빠르군.

속으로 흐뭇하게 미소를 지으며 정식으로 나를 소개했다.

"은해상단의 소단주, 은서호입니다."

"이곳 화리선점의 점주 강승입니다."

그는 나에게 자리를 권했다.

자리에 앉은 나는 단도직입적으로 말을 꺼냈다.

"상단주이신 아버지께서 저에게 이번 일에 대해 조사할 것을 명하셨습니다."

"조사라고 하시면?"

"다른 세력이 개입되어 있는 일이라고 보고 있습니다."

"그럼 천득여 대인 뒤에 누군가 있다는 말씀입니까?"

그때 나에게 팔갑이 다가와 작은 목소리로 속삭였다.

"아, 대건상단이 배후라고 하는군요."

"……!"

다시금 강 점주의 눈이 커졌다.

이 지역에서 대건상단의 위상이나 권력은 생각보다 컸다.

비록 우리 은해상단보다는 작은 상단이지만, 기반 지역인 것과 아닌 것과는 격차가 크니까.

"이번에 대건상단에서 큰 배를 하나 샀다고 하더군요."

"……!"

그의 눈동자가 커졌지만, 이내 주먹을 쥐고 부들부들 떨었다.

"예상은 했지만……."

그는 깊은 한숨을 내쉬며 말했다.

"그, 그럼, 할 수 없이 저는…… 이 사업을 접을 수밖에 없겠군요."

"이 사업을 왜 접습니까?"

"네?"

"아직 배를 살 때 융통하신 돈도 갚지 못하셨는데, 그만둔다고 하시면 저희 은해상단에서 허락할 거라고 생각하십니까?"

"……."

"돈 다 갚으실 때까지는 일하셔야지요."

"저도 그러고 싶습니다. 하지만……."

"꼭 이곳에서 운영해야 하는 법이라도 있습니까?"

"그, 그건 아니지만……."

"그러고 보니 이 점포, 좁군요."

나는 피식 웃었다.

"확장 이전, 어떠십니까?"

그는 영문을 몰라 하면서도 차분히 대답했다.

"저도 다른 곳으로 점포를 옮길 생각을 하지 않은 건
아닙니다. 하지만 도저히 점포를 구할 수가 없어서……."

"이미 그쪽도 생각을 하셨군요."

"당연합니다. 명색이 상인이 되어서 대안을 고민하지
않았다면 실격이지요. 하지만 대건상단이 문제라면, 더
더욱 난감하군요."

"점포 문제라면 걱정하지 마십시오. 제가 알아서 할 터
이니 이사 준비를 하시면 됩니다."

* * *

다음 날,

나는 비어 있는 점포들을 둘러보기 시작했다.

"오, 이곳이 마음에 드는군요."

내 말에 점포 중개상이 말했다.

"탁월한 선택이십니다."

"이곳을 구입하겠습니다."

"임대가 아니라…… 구입하신다고요?"

"네. 안 됩니까?"

"아, 아뇨! 물론 되죠. 그런데 이곳의 시세가 좀 비싸서……."

"동정호 옆의 건물입니다. 비싼 건 당연히 알고 왔습니다. 그래서 얼마입니까?"

내 물음에 그 점포 중개상은 금액을 말해 주었다.

"……."

이런 썩을 것!

내가 알아본 금액보다 훨씬 더 비싸다.

하지만 상관은 없다.

그 가격은, 이 거래를 무로 돌릴 수 없는 치명적인 독니가 될 테니까.

"그 금액으로 구매하겠습니다. 그럼 계약서 쓰시죠."

"네."

곧 우리는 계약서를 작성했다.

"아, 그리고 한 가지 조항을 계약서에 넣었으면 합니다."

"어떤 조항입니까?"

"이 계약을 파기하기 위해서는 점포 구입 비용의 백 배를 배상해야 한다는 조항입니다."

"네? 그걸 왜?"

"사실 제가 점포를 구입했다가 갑자기 그 점포 주인의 아들이 영업해야 한다면서 쫓겨난 적이 있어서 말입니다."

"저런!"

"그래서 혹시 몰라 드리는 말씀입니다."

"알겠습니다. 그 조항도 넣어 드리지요."

그렇게 나는 점포 구입 절차를 마무리했다.

"팔갑아, 화리선점 점주님 모셔와."

"알겠습니다요."

.

.

.

잠시 후, 내가 구입한 점포로 화리선점의 강 점주가 찾아왔다.

"여기 어떠십니까?"

"네?"

"제가 구입한 점포입니다. 그리고 화리선점이 확장이전을 하게 될 장소입니다."

내 말에 강 점주는 무척 놀라 두 눈을 깜빡이기만 할 뿐이었다.

한참 뒤에야 그의 말문이 터졌다.

"이, 이, 이곳이 말입니까?"

"네."

"이 넓은 곳이 말입니까?"

"네."

하긴 여기가 좀 넓긴 하지.

지금 화리선점 점포에 비하면 거의 네다섯 배는 되니까.

강 점주는 그제야 진정한 듯, 내게 물었다.

"이런 것을 그냥 주실 리는 없고, 제게 요구하시는 것이 무엇입니까?"

"안전."

"네?"

"제가 알아보니, 배에 승객들을 태우실 때 안전을 꽤 따지신다고 들었습니다. 그래서 욕도 먹으신다고."

"그렇긴 하죠."

"앞으로도 그렇게 안전하게, 지금보다 더 안전하게 운영해 주실 것을 부탁드립니다."

내가 이렇게 그에게 안전을 강조하는 이유가 있다.

조만간 무슨 사고가 날 테니까.

나는 이번 일에 대건상단이 뒤에 있다는 것을 알게 되자마자 내 지난 삶에서 일어났던 어떤 사건을 떠올렸다.

때는 가을.

동정호의 가을 정취를 즐기려는 사람들로 북적이던 때였다.

지난 삶에서 내가 소단주가 되기 직전에 있던 일이었기에 생생하게 기억하고 있었다.

한 선점의 배가 운항을 시작한 지 한 시진도 지나지 않아 침몰하고 만 사건.

주변에서 다급히 구조에 나선 덕분에 사람들을 많이 구

조하긴 했지만, 안타깝게도 절반 가까운 이들이 희생됐다.

워낙 큰 사고였던 탓에 황제까지 나서서 사건에 대해 철저히 조사할 것을 명했고, 운영 주체인 대건상단의 상단주를 비롯하여 몇몇 관계자들이 금의위에게 끌려갔다.

그리고 결국 밝혀진 사실.

배의 크기에 비해 사람들을 너무 많이 태웠다든지, 더 자주 운행하기 위해 수리 및 정비를 게을리했다든지 등.

더 많은 이윤을 위해 안전을 등한시했다는 것이 드러난 것이다.

이 사건으로 인해 대건상단의 입지는 크게 흔들렸고, 결국 천하백대상단에서 밀려나고 말았다.

그런 일을 알고 있기에, 연 각주의 설명을 들을 때만 해도 의아해했었다.

현재 동정호에서 큰 배를 운영하고 있는 곳은 은해상단 소속의 화리선점뿐이었으니까.

당시에는 몰랐던 사실이지만, 그때도 대건상단이 우리의 알짜배기 사업을 홀랑 뺏어 먹었던 것이다.

그때나 지금이나 은해상단에서 뭘 어떻게 해 주기는 어려운 상황인 건 마찬가지지만, 다른 게 하나 있다.

내가 여기로 왔다는 것.

아무튼 나는 강승 점주가 운영하는 배에 대해서 꼼꼼하게 조사를 했고, 그가 극도의 '안전제일주의자'라는 것을 알게 되었다.

그래서 안심했지만, 그래도 완전히 마음을 놓을 수는 없었다.

혹시라도 강승 점주가 무리수를 두었다가는 우리가 그 신세가 되지 않으리라는 법이 없으니까.

내 말에 강승 점주가 의아한 듯 물었다.

"정말 그것 하나면 되는 겁니까?"

"이게 얼마나 어려운 건데요."

"물론 어렵긴 합니다만……."

"천지신명께 맹세해 주십시오. 한 번이라도 안전하게 운행하지 않으면 그날로 은퇴하겠다고."

"네?"

"저 지금 농담 아닙니다."

내 싸늘한 표정에 그는 침을 꿀꺽 삼키며 고개를 끄덕였다.

"알겠습니다. 맹세하겠습니다."

"좋습니다."

"그나저나 이만한 지원을 해 주셨는데, 금전적인 부분은……."

"아직 은해상단에서 빌린 차용금도 아직 다 갚지 못하지 않으셨습니까?

"그건 그렇습니다."

"그런 상황에서 이 점포까지 상단에서 해 주었다는 말이 퍼지면 형평성에 문제가 생기게 됩니다."

"그렇겠죠."

강 점주의 표정이 어두워졌다.

"그래서 따로 말씀드릴 게 있습니다. 이건 제가 개인적으로 투자한 것입니다."

"개인적이라고 하시면?"

"말 그대로 은해상단이 아닌, 저 은서호 개인의 투자입니다."

돈을 많이 벌어 놓으니 이런 방법을 쓸 수 있어서 참 좋다.

지금도 계속해서 늘어나고 있고.

"그게 가능하신 겁니까? 저는 당연히 상단의 돈이 투자되었다고 생각했습니다. 그래서 무슨 요구를 해도 받아들여야 한다고 각오하고 있었습니다만….."

"그러셨군요. 아무튼, 제가 얻는 것도 없이 투자하는 건 좀 그렇죠? 그러니 수익금의 일 할을 받겠습니다."

내 말에 강 점주는 깜짝 놀라 두 눈을 동그랗게 떴다. 솔직히 그 금액은 거저나 마찬가지였으니까.

"제가 원하는 건, 점주님의 배가 이 동정호의 상징이 되는 것입니다. 하여 점주님의 배를 타 봐야 이 동정호를 돌아봤다는 것을 인정할 정도로 말입니다."

"……왜 그렇게까지 저를 생각해 주시는 겁니까? 지금 말씀하신 두 가지 조건 모두 궁극적으로는 저를 위한 것이지 않습니까?"

"오해하지 마십시오."

나는 정색하며 말했다.

"점주님께서 돈을 많이 벌어야 은해상단으로 보낼 돈이

더 많아질 것 아닙니까? 또, 그래야 저희 상단에서 빌린 돈
도 다 갚을 수 있겠죠. 이거 다 저희 본단을 위한 겁니다."

그럼에도 강 점주는 내 말을 믿는 기색이 아니었다.

아니, 진짜인데.

뭐, 상관없겠지. 강 점주가 일만 잘 하면 되니까.

"아! 이곳으로 슬슬 이사할 준비 하시고, 지금 영업하
는 곳에다가는 크게 [여러분들 덕분에 확장 이전합니다]
라고 써 붙여 두십시오."

"알겠습니다."

나는 씨익 웃으며 말했다.

"다음 달의 첫 번째 날. 월병을 돌리면서 홍보 좀 하죠."

"알겠습니다."

* * *

이튿날,

화리선점에 방문한 손님들은 선점 입구에 크게 붙은 벽
보를 보았다.

[여러분들께서 저희 화리선점을 많이 이용해 주신 덕분
에 확장 이전을 하게 되었습니다. 여러분들의 성원에 감
사드립니다. 이전한 곳의 위치는…….]

그 이전한 곳에 대해 아는 손님들은 깜짝 놀랐다.

"저곳은 엄청 넓은 그 점포잖아?"

"저기로 옮긴다고?"

"이야! 엄청나게 성공했나 보네."

"하긴, 성공할 만도 하지."

사람들은 화리선점의 확장 이전을 입을 모아 축하해 주었다.

평소 강승 점주가 손님들을 잘 대우했고, 안전하게 운행했을 뿐만 아니라 주변 사람들에게 인덕도 많이 쌓았기 때문이다.

한편,

화리선점이 이전하기로 한 점포를 판 인물은 당황했다.

대건상단이 화리선점을 노린다는 소문이 돌면서 동정호 주변 점포의 소유주들은 눈치껏 알아서 화리선점에 점포를 임대하거나 판매하지 않았다.

대건상단에 밉보여서 좋을 게 없었으니까.

그 역시 마찬가지였다.

그런데, 아닌 밤중에 홍두깨 같은 일이 일어났다.

자신이 판 점포에 화리선점이 들어온다는 소식 때문이었다.

그리고,

"저기, 대건상단에서 찾아오셨습니다."

"……."

그의 예상대로 대건상단에서 그를 찾아왔다. 대건상단

주의 부관이었다.

부관은 오자마자 그에게 날카롭게 쏘아붙였다.

"자네, 우리 대건상단에 뭐 서운한 것이라도 있나?"

"그, 그런 것이 있을 리가 있겠습니까?"

"그러면 왜 화리선점에 점포를 팔았는가?"

"그게, 저도 몰랐습니다."

"몰랐다고? 그게 말이 되는 소리인가?"

"저는 중개인을 통해 거래했는데, 분명히 점포를 산 인물은 강승 점주가 아니었습니다."

"그럼, 누가 점포를 매수했다는 건가?"

"잠시만 기다리십시오. 매매계약서를 가지고 오겠습니다."

그는 부리나케 매매계약서를 가져와 펼쳤다.

"음…….'"

확실히 매수자의 이름은 강승이 아니었다.

"은서호?"

뭔가 낯익은 이름이었지만, 곧바로 떠오르질 않았다.

아무튼 지금은 그게 중요한 것이 아니었다.

"지금이라도 늦지 않았네. 당장 이 계약 파기하게나."

"네?"

"받은 돈 돌려주고 파기하면 되는 거 아닌가?"

"저, 그게…… 곤란합니다."

"곤란해? 자네 정녕 우리 대건상단의 눈 밖에 나겠다는 건가?"

"아닙니다!"

"그러면 왜 곤란하다는 건가?"

"그게, 이 조항 때문에……."

그는 떨리는 손으로 매매계약서의 한 곳을 가리켰다.

[만약, 매도자가 일방적으로 계약을 파기하고자 하면, 판매금의 백 배를 보상금으로 지급해야 한다.]

대건상단의 부관은 어처구니가 없다는 듯 반문했다.

"백 배?"

"네."

"어째서 이런 조항을?"

"그쪽에서 넣어 달라고 했답니다. 그리고 저도 당시에는 이 거래를 물릴 생각이 없었기에 별 생각 없이 동의했습니다……."

"……."

"시세보다도 두 배 이상 비싼 가격을 불렀는데도 그 점포를 사겠다고 하는데 어느 누가 거래를 물릴 생각을 하겠습니까?"

"……그래서 얼마에 팔았지?"

"은 육백 냥입니다."

"그러면 배상금이 육만 냥인가? 허!"

부관은 혀를 찰 수밖에 없었다.

그 돈을 배상금으로 주고 거래를 물린다는 건 사실상

불가능한 일이다.

점포의 이전 주인에게 그 돈이 있을 리도 만무했고, 큰 배를 사느라 무리한 대건상단에게도 불가능한 금액이니까.

그는 점포의 이전 주인을 잠시 노려보고는 거칠게 자리에서 일어났다.

"어디 가십니까?"

"더 이상 자네와 얘기해서 해결할 수 있는 일이 아니잖은가. 그 점포를 샀다는 자를 만나러 가 봐야지."

* * *

동정호에서 가장 높은 객잔.

이곳의 객잔들은 동정호가 보이는 높은 곳에 있는 객잔일수록 비싸다.

나는 그 동정호의 모습을 보기 위해 기꺼이 비싼 값을 치르며 이 객실을 얻었다.

그건 나를 죽음으로 보필했던 팔갑과, 그리고 나를 위해 충성을 다하는 내 사람들에게 저 아름다운 동정호의 모습을 보여 주고 싶었으니까.

그리고 객실을 잡아야 다들 부담 없이 편히 풍경을 감상할 수 있을 테니까.

그러고 보니 진유 무사가 걸리네.

진유 무사에게 이 풍경을 보여 주는 건 다음으로 기약해야겠다.

"으메! 엄청 아름다운 모습입니다요!"

팔갑이 창문 밖으로 보이는 풍경을 보며 감탄했다.

"낙양의 황호와 비교하면 어디가 더 좋은 것 같아?"

"도련님도 참 어리석은 질문을 하십니다요."

"응?"

"황호는 황호대로, 동정호는 동정호대로 그 나름의 멋이 있는 겁니다요. 그걸 비교하는 건 이 세상을 만들었다는 조화옹(造化翁)의 뜻을 모욕하는 것이라고 저는 생각합니다요."

"허……."

예상하지 못했던 뜻밖의 대답에 나는 깜짝 놀랐다.

"왜 그러십니까요?"

"너 왜 이렇게 똑똑해졌냐?"

"저 원래 똑똑했습니다요. 그러니까 제가 시종으로 뽑힌 게 아니겠습니까요?"

"그건 그러네."

나는 피식 웃었다.

"그래, 네 말이 맞아. 모든 것에는 그 나름의 멋이 있는 법이지."

그때 내 객실에 누군가 다가오는 소리가 들렸고, 곧 익숙한 목소리가 들렸다.

우리를 이곳으로 안내했던 점소이의 목소리다.

그리고 뒤이어 이필 무사의 목소리가 들렸다.

"주군, 주군을 뵙고자 하는 분이 계시다고 합니다."

나를 보고자 하는 자가 누군지 알 것 같았다.

·

　·

　·

잠시 후.

점소이는 나를 객잔 이 층의 한 방으로 안내해 주었다.

고급 객잔이라서 그런지, 이 층에는 대화를 나눌 수 있는 작은 방들이 여러 개 있었다.

"이분이십니다."

그 방 안에는 한 남자가 있었고, 그는 자리에서 일어나 자신을 소개했다.

"반갑습니다. 저는 대건상단주님의 부관 오진축이라고 합니다."

"은서호입니다."

"앉아서 이야기 나누시죠."

오 부관은 자리를 권했고, 나는 그 맞은편에 앉았다.

"단도직입적으로 묻겠습니다. 귀하께서 이번에 사신 매장을 저희에게 되파실 생각은 없으십니까?"

"없습니다."

"두 배를 드리겠습니다."

오 부관의 말에 나는 피식 웃었다.

"저는 그럴 생각이 없습니다. 열 배를 주신다면 생각해 보지요."

"열 배라니요? 상도덕 없는 말씀을 하시는군요."

천 대인이 화리선점이 입점해 있는 곳을 시가의 열 배

를 주어야 판다고 한 게 과연 그의 입장이었을까?

대건상단의 지시일 터.

그런데 내가 시가의 열 배를 부르자 상도덕이 없다고 말하니, 기가 찼다.

"외지에서 오셔서 잘 모르시는 것 같은데, 이곳에서 저희 대건상단과 사이가 틀어지면 상당히 고달프실 겁니다."

"협박이십니까?"

"협박이라…… 네, 그렇게 들리셨다면 맞겠죠."

"……."

"사실 저희 대건상단에서는 화리선점이 진행하던 사업을 이어받을 생각을 하고 있습니다. 이 동정호에서 그런 굵직한 사업은 동정호 근처의 상권을 휘어잡고 있는 저희 대건상단에서 해야 하는 것이지, 다른 지역의 상단에 속한 곳이 해서는 안 된다고 생각하니까요."

말은 그럴 듯이 하네.

툭 까놓고 말해서 돈을 잘 버니까 배가 아프다는 거 아니야.

"그러니까 그 점포, 저희에게 파시든지, 아니면 화리선점이 입점하지 못하도록 하십시오."

"이미 그곳을 화리선점에게 내주기로 약속했는데 그 약속을 깨라는 말씀이십니까?"

"솔직히 약속을 깨는 것을 두려워하는 것은 후환이 두렵기 때문이 아닙니까? 걱정하지 마십시오. 은해상단으로부터 저희 대건상단이 보호해 드리겠습니다."

보호?

웃기고 있네.

누가 누굴 보호해?

한 달도 되지 않아 탈탈 털릴 자들이.

그나저나 신뢰라는 것을 그런 식으로 생각하고 있었다니 많이 실망이었다.

이 정도면 황제가 내려준 패를 써도 되겠군.

"대건상단은 신뢰라는 것을 가볍게 생각하시는군요. 제 생각은 다릅니다. 신뢰라는 건 상인이 마지막까지 붙잡아야 할 덕목이며, 최후의 순간 상인을 지켜 줄 마지막 구명줄입니다."

나는 자리에서 일어났다.

"정식으로 인사드리겠습니다. 제 이름은 은서호. 화리선점이 속해 있는 은해상단의 소단주입니다."

내 인사에 오 부관의 얼굴이 새하얗게 질렸다.

"제 이름이 나름 유명하다고 생각했는데, 아직 부족한가 봅니다. 더 노력해야겠군요."

"……."

"그나저나 은해상단의 소단주를 상대로 협박까지 하시고, 참 놀랍군요."

"그, 그러니까 그건……."

"변명을 듣고 싶은 생각은 없습니다. 그러니 이만 돌아가십시오."

싸늘한 축객령에 오 부관은 잠시 쭈뼛거리더니, 그대로

돌아갔다.

오늘 일에 대해 제대로 보고는 하려나 모르겠네.

나를 협박한 일에 대해서 잘못 얘기했다가는 어떤 처벌을 받을지 모를 테니까.

하지만 상관없다.

어차피 이자를 톡톡히 쳐서 받아 낼 생각이니까.

* * *

화리선점은 새로운 점포로의 이전을 성공적으로 마무리했다.

"정말 감사합니다."

"그럼 열심히 돈을 버시면 됩니다."

"여부가 있겠습니까?"

우리는 확장 이전을 알리기 위해서 동정호 근처의 모든 이들에게 월병을 돌렸다.

그 월병 안에는 중양절의 덕담이 담긴 쪽지가 들어 있었다.

"이제 다 돌렸군요. 저희도 월병을 먹을까요?"

우리는 월병을 하나씩 들고 먹기 시작했다.

"그런데, 강 점주님의 월병에서는 무슨 쪽지가 나왔습니까?"

내 물음에 강 점주는 쪽지를 보여주었다.

[신념을 잃지 않는다면, 결국에는 다 잘된다]

우연인가?

내가 하고 싶은 말이 적힌 쪽지였다.

나는 그에게 말했다.

"솔직히 말씀드리면, 아마 대건상단에서는 사사건건 시비를 걸고 또 방해해 올 겁니다."

"그렇겠죠."

"하지만 마지막까지 원리원칙대로, 지금까지 하셨던 대로 그 신념을 믿고 나가시면 됩니다. 그러면 이 덕담대로 결국에는 다 잘될 것입니다."

나는 그의 눈을 보며 물었다.

"약속할 수 있으시겠습니까?"

"소상은 이미 소단주님과 약조했습니다. 신뢰란 상인의 목숨입니다. 어찌 이를 저버리겠습니까?"

"그리 말씀해 주시니 감사합니다."

.

.

.

내 예상대로 대건상단에서는 화리선점이 있던 점포에 그대로 새 선점을 열었다.

선점의 이름은 대건선점.

그리고 선점을 연 기념으로 엄청나게 싼 가격에 커다란 배를 태고 동정호를 돌아볼 수 있는 상품을 내놓았다.

대건선점으로 사람들이 몰린 것은 당연한 일이었다.

그에 대한 이필 무사의 보고를 들으며 나는 고개를 끄덕였다.

"그렇군요."

"도련님. 왜 이번에는 가격 경쟁에 뛰어들지 않으십니까요?"

팔갑의 얼굴을 보니 궁금하다는 표정이다.

나는 피식 웃었다.

"할 필요가 없는 가격 경쟁이니까."

나는 그리 말하며 자리에서 일어났다.

"강 점주는?"

"지금 화리선점에 있습니다."

나는 객잔을 나와 이전한 화리선점으로 향했다.

예상대로 화리선점에는 손님들이 없었다.

"계십니까?"

"아! 오셨습니까?"

강 점주는 나를 반갑게 맞아 주었다.

요즘 대건선점의 파격적인 상품 때문에 배를 타려는 사람이 없어 곤란할 터인데도 내색하지 않는 것을 보면 참 대단한 사람은 대단한 사람이다.

"강 점주님."

"네, 소단주님."

"오늘 저도 배에 타고 싶은데, 가능할까요?"

"가능합니다. 언제 타실 생각이십니까?"

"오늘 술시(戌時:오후7~9시)면 달도 잘 보이고 좋을 것 같은데요."

"그럼, 그때로 준비하겠습니다."

"이따 뵙겠습니다."

나는 화리선점을 나오며 팔갑을 불렀다.

"팔갑아."

"네, 도련님."

"너 수영 잘해?"

"물론입니다요. 제가 한때 숭양현의 메기라고 불렸습니다요."

메기라…….

뭔가 잘 어울리네.

"잘됐네."

내 기억상으로 사고가 터지는 날이 바로 오늘이다.

그래서 화리선점의 배에 타겠다고 한 것.

그 사고로 죽은 이들은 하나같이 안타까운 사연을 지니고 있었다.

그럴 수밖에 없는 게 다들 형편이 그리 넉넉한 이들이 아니니까.

이번에는 그들을 꼭 살릴 것이다.

가장 좋은 방법은 아예 배가 뜨지 못하도록 하는 것이지만, 안전은 생각하지 않는 그런 무리한 방식은 반드시 사고를 일으킬 터.

자칫하다가는 더 큰 사고가 날 수도 있다.

그럴 바에는 사고가 나게 놔두고 그들을 구출하는 게 낫다.

폭발 사고 같은 게 아니니 준비만 잘한다면 모두를 구할 수 있을 것이다.

.

.

.

해가 질 때쯤 해서 나는 팔갑과 호위들을 데리고 화리선점으로 향했다.

"오셨습니까?"

"네. 배는 준비되었습니까?"

"물론입니다."

나는 그에게 은자 몇 냥을 내밀었다.

"뱃삯입니다."

"아, 아닙니다."

"받으십시오. 한 번 배가 뜰 때마다 들어가는 돈이 있는데, 저는 점주께 손해를 끼치고 싶은 생각이 없습니다."

"……감사히 받겠습니다."

그는 돈을 품에 넣고는 말했다.

"그럼 안내하겠습니다."

화리선점의 배는 격꾼과 선원을 제외하고도 오십여 명의 손님을 태울 수 있을 정도로 컸다.

그런 배에 오른 것은 우리 일행을 제외하고도 열 명 정도가 더 있었다.

나는 그들이 왜 대건선점이 아닌 화리선점의 배를 탔는지 궁금했다.

"처음에는 대건선점에 갔었습니다만, 이것과 비슷한 크기의 배인데 거기에 백 명 정도를 태우더군요."

"……"

"그래서 환불하고 이 배를 타기로 했습니다. 여기는 절대 정원을 넘기지 않는다고 들었습니다."

라고 말한 손님.

"구관이 명관이라는 말이 왜 있겠습니까?"

라고 말한 손님.

"예전에 이 배를 이용했었는데, 그때 참 좋았던 기억이 있어서 다시 이 배를 탄 겁니다."

라고 말한 손님 등등.

그 이유는 다양했지만, 모두 이 배가 좋다는 것을 말하고 있었다.

잠시 후,

강 점주가 직접 배에 올라와 안전상에 문제가 없는지 살피는 것을 보며 선장이 물었다.

"아까 살피셨지 않습니까?"

"혹시 빠트린 것이 있을 수도 있으니까…… 다 확인했네."

강 점주는 선장에게 말했다.

"손님들께 다시 한번 주의사항을 알려 드리고, 출발하도록 하게."

"알겠습니다."

선장은 우렁찬 목소리로 배에 탄 손님들에게 주의사항을 당부했다.

"그럼, 잠시 후 출발합니다!"

강 점주는 나에게 고개를 숙여 보였다.

"그럼, 좋은 시간 되십시오."

"네."

강 점주가 배에서 내리자, 곧바로 배가 출발했다.

야간에 운행하는 것이기에 등불이 곳곳에 달려 있었지만, 호수에 비친 달의 모습을 구경하는 데 어려움은 없었다.

"뜰채가 있으면 달을 뜰채로 뜰 수 있을 것 같습니다요."

"정말 그러네."

그렇게 즐겁게 경치를 구경하다가 슬쩍 배를 조종하는 선장에게 다가갔다.

"운행 경로가 대건선점과 상당 부분 겹친다고 알고 있습니다."

"맞습니다."

"대건선점의 배를 만나면 당혹스러우시겠습니다."

"별로 그런 건 없습니다. 점주님께서 만약 저들이 추월해 나가려고 한다면 그냥 먼저 보내라고 하셨습니다. 저 역시 같은 생각입니다."

선장이 진지하게 말을 이었다.

"사실 죽음과 가장 가까운 장소는 이 배 위입니다. 나무판자 하나로 삶과 죽음의 경계가 나뉜 곳이잖습니까?"

"맞는 말입니다."

"그런 곳에서 괜히 승부욕을 보이는 건 어리석은 짓이지요."

나는 고개를 끄덕여 그 말에 동의를 표했다.

"듣자 하니, 대건선점의 배가 인원을 무리하게 많이 태운다고 하더군요."

"하도 사람이 많이 몰려서인지, 매번 그런다고 합니다."

"그럴 경우 이 동정호에서 가장 위험한 구간을 꼽는다면 어디쯤이라고 보십니까?"

"멀리 갈 곳도 없습니다. 저곳입니다."

그는 손으로 우리 앞을 가리켰다.

"저곳은 물살이 강해 급회전하는 구간입니다. 하여 모든 승객들이 안전봉을 꽉 잡고 버텨야 합니다."

선장은 말을 이었다.

"그런데, 많은 인원을 태웠다면 승객들이 잡을 수 있는 안전봉이 모자라게 되고 그러면 안전봉을 잡지 못한 승객들이 우르르 옆으로 쏠리게 되면 배는 균형을 잃게 됩니다."

"……"

"아무리 그래도 안전봉도 잡지 못할 정도로 많은 승객을 태우는 바보는 없을 겁니다."

아뇨,

그 바보가 있습니다.

그때였다.

땡땡땡—!

뒤에서 요란한 종소리가 들렸다. 돌아보니 내가 탄 배와 비슷한 규모의 배가 빠른 속도로 달려오고 있었다.

"대건선점의 배입니다."

"그렇군요."

마치 비키지 않으면 박아 버리겠다는 듯 위협적인 모습.

선장은 쓴웃음을 지으며 격꾼들에게 신호를 보냈고, 우리가 탄 배는 옆으로 비켜 주었다.

옆으로 지나가는 배를 보자, 딱 봐도 엄청나게 많은 승객들을 태운 채 운행하고 있었다.

그 모습을 본 선장이 혀를 찼다.

"저거, 오늘은 평소보다 더 많은 승객을 태웠군요. 미친 새끼가 물귀신이 되려면 혼자 뛰어들 것이지! 이런 ××가 ××를 ×××……."

험한 말이 선장의 입에서 튀어나왔다.

"헙! 죄송합니다. 저도 모르게……."

"아닙니다. 저도 마찬가지 생각이니까요. 그런데 저렇게 많이 태우면 위험하다는 것을 저 배의 선장이나 선원들은 모를까요?"

"모를 리가 없죠. 하지만 어쩌겠습니까? 위에서 하라는 대로 하지 않으면 무슨 해코지를 당할지 모릅니다."

"……."

"그만큼 대건상단은 이곳에서는 절대적입니다. 저야 소속이 다르니 상관없지만 말입니다. 하하하."

그는 나를 보며 말했다.

"그래서 감사하고 있습니다. 저희 화리선점을 포기하지 않아 주셔서요."

"뭘요. 저도 포기하고 싶지 않았습니다."

그때, 팔갑이 외쳤다.

"어어? 저 배…… 뭔가 이상합니다요."

우리 모두 갑판으로 달려가 앞쪽을 바라보았다.

크게 기우뚱하는 배.

거칠게 흐르는 물살.

아까 선장이 말한 급회전 구간이다.

"까아아아악!"

"으아아악!"

사람들의 비명이 울려 퍼졌고, 배는 어느새 완전히 뒤집어져서 서서히 가라앉기 시작했다.

"이런! 어서 구하러 가죠!"

"물론입니다!"

선장은 곧바로 고개를 끄덕이고는 그쪽으로 배를 움직였다.

그리고 물질에 익숙한 이들 위주로 호수 속으로 뛰어들었다.

물에 빠진 사람을 구하기 위해서는 설불리 다가가서는 안 된다.

본능적으로 허우적대면서 구하러 온 사람의 움직임을

제한시키기 때문이다.

하여 나는 최대한 그들을 빨리 구하기 위해 기절시키는 방법을 택했다.

탁−!

혈도를 짚어서 기절시키고는 우리가 탄 배로 데려왔다.

그리고 배 위에 남은 이들이 그들을 끌어 올려 상태를 살폈다.

물을 많이 먹은 이들은 가슴을 눌러 물을 토하게 하고, 정신만 잃은 이들은 편하게 눕혀 놓는 식으로.

나는 슬쩍 팔갑을 보았다.

소싯적에 메기라고 불렸다는 말이 허풍이 아닌 듯, 상당히 빠르게 물속을 누비고 다녔다.

그리고 진유 무사에게 무공을 제법 배웠는지, 나와 같은 방법을 쓰고 있었다.

그리고 서우 무사와 여웅암 무사, 이필 무사와 화리선점의 선원들도 분주하게 움직였다.

게다가 이전 삶에서처럼 주변에서 뱃놀이를 하던 이들의 배들까지 가세했다.

그 결과, 물에 빠진 모든 이들을 구했다…… 라고 생각했지만.

"아! 아들! 제 아들 인선이가 보이지 않아요!"

한 여인의 말에 그 남편으로 보이는 사람이 당황하여 주변을 두리번거렸다.

한 남자가 손을 들며 말했다.

"아까 한 어린아이가 격꾼들이 있는 쪽으로 내려가던 것을 본 것 같습니다."

나는 그에게 물었다.

"그게 사실입니까?"

"아, 네!"

이미 배는 형체도 보이지 않을 정도로 가라앉은 상태.

그렇다면 완전히 잠수해서 수색해야 한다는 것인데, 이는 수공을 전문적으로 익히지 않은 이상 힘든 일이다.

경험이 풍부한 절정 무사인 서우 무사도 난감해하는 모습.

하지만 나는 괜찮다.

"제가 다녀오죠."

"주군, 위험합니다."

만류하는 서우 무사에게 말했다.

"저라면 괜찮아요."

그리고 서우 무사에게 전음을 보냈다.

- 제가 익힌 수공을 사용하면 됩니다.

- 하지만…….

- 그렇다고 아이를 못 본 척할 수는 없지 않습니까? 한시가 급한 상황입니다.

-……제가 반드시 수공을 익히겠습니다.

나는 미소 지어 보이곤, 그대로 물속으로 뛰어들었다.

그리고 사부님이 알려 주신, 빙해동화심법을 행하며 빙해수절공을 펼쳤다.

저 아래에 가라앉고 있는 배가 보였다.

배 쪽으로 다가가면서 기감을 집중했다.

희미하게 느껴지는 사람의 기운.

아직 늦지 않았다.

나는 서둘러 그 기운을 쫓아 배 안으로 들어갔다.

다행히 아이를 금방 찾아낼 수 있었지만, 아이는 물을 많이 먹어 정신을 잃은 상태였다.

그렇게 다급히 배를 빠져나오던 중, 어딘가 익숙한 느낌의 바위가 보였다.

음?

얼마 전에 북해에 갔을 때 봤던 것과 비슷해 보이는데?

하지만 지금은 그걸 확인할 때가 아니다.

나는 서둘러 아이를 데리고 물 밖으로 나왔다.

"푸-!"

"나왔다!"

나는 아이를 인계한 후 배 위로 올라왔다. 곧 사람들이 아이에게 달려들어 가슴을 누르고 등을 치는 등 분주하게 움직였다.

"우욱-!"

다행히 아이는 물을 토하고 정신을 차렸다.

"살았다. 살았어!"

"다행입니다!"

"정말 다행입니다!"

그 모습을 보자 뿌듯함이 느껴졌다.

"고생하셨습니다요."

팔갑의 말에 나는 고개를 끄덕였다.

"응, 진짜 힘들었어."

그때, 그 아이의 부모를 비롯한 여러 사람이 나에게 다가와 머리를 조아렸다.

"정말 감사합니다."

"감사합니다."

"대협은 제 생명의 은인이십니다."

"역시 선협미랑 대협이십니다."

응? 선협미랑이라는 명호는 대체 어디서…….

고개를 돌려 보자, 팔갑의 자랑스러워하는 표정이 보였다.

너였구나.

아무튼, 죽은 사람 없이 모두 구해서 다행이다.

후!

일단 사고는 막았고, 이제 내 일을 해야겠군.

이렇게 상황이 만들어졌는데, 그냥 넘어갈 수는 없지.

그때 한 승객이 선장에게 말했다.

"저, 죄송합니다만, 저희를 대건선점으로 데려다주십시오."

"이 일에 대해서 항의해야겠습니다."

나는 선장에게 그들이 원하는 대로 해 주라고 했다.

다음 일을 위해서는, 저들의 분노가 필요했기 때문이다.

(은해상단 막내아들 9권에서 계속)